E S P A C I O

Colección dirigida por
Norma Sturniolo



A B I E R T O

ESPACIO ABIERTO

Diseño y cubierta de
Manuel Estrada

ESPACIO ABIERTO

J. F. Bermejo

# El ídolo de Aruba

ANAYA

## LOS PERSONAJES

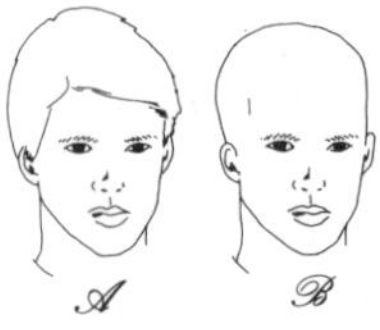

Yo

Mi padre

Rafale Ginoto

Efraín

El Gran Preste

Jalam Batumec

Leonor

Mambo Balú

Benjamín

1

2

3

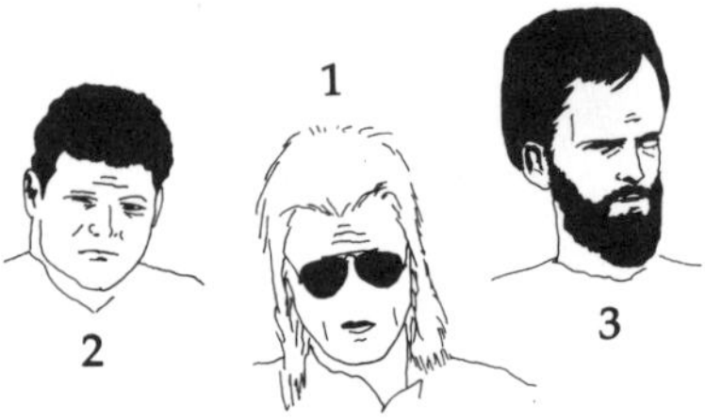

Los tres ladrones

1. **YO.**—Mi aspecto normal, naturalmente, es el A. Para el golpe me rapé el pelo (B), todavía ignoro por qué. De mis características hablo un poco a lo largo de la narración. Sólo añado aquí que sería un acto de absurda falsa modestia no reconocer que soy bastante guapo.

2. **MI PADRE.**—Aparenta menos edad de la que tiene, y eso le molesta mucho, de manera que se deja la barba (A). Para el golpe consideró conveniente cambiarse un poco de aspecto (B). En líneas generales, es algo infantil. Un buen tipo, en el fondo.

3. **RAFALE GINOTO.**—El Iluminado, líder de las cinco iglesias de Saco Parel, remodelador de la orden del Saltarín, veterano bandido. No aparece personalmente en la acción, pero su presencia revolotea como un efluvio en todo el relato.

4. **EFRAÍN.**—Este joven es, según todas las apariencias, la mano derecha del Gran Preste. En mi opinión, un pájaro de cuenta.

5. **EL GRAN PRESTE.**—Se ríe tanto que en algún momento parece que se le va a romper la cara. Es quien hace y deshace en la abadía. Plenipotenciario de Rafale Ginoto. Listo, muy listo.

6. **JALAM BATUMEC.**—Uno de los ideólogos, iniciado en el culto de Saco Parel. Muy viejo, grandes orejas azules (!), y otras características muy pintorescas que a su debido tiempo se detallan. No es malo, pero cree a pie juntillas las tonterías que cuenta.

7. **LEONOR.**—Es muy bonita, pero su poco desarrollado cerebro se encuentra lleno de doctrinas descabelladas. Una lástima.

8. **MAMBO BALÚ.**—Satélite de Leonor, aunque ella es novicia, y él iniciado. Sordomudo y sonriente. Carece de la menor importancia.

9. **BENJAMÍN.**—La misma edad que yo, más o menos, pero totalmente distinto, como podrá comprobar quien lea esta historia.

10. **LOS TRES LADRONES.**—Aparecen en el momento más inoportuno. Son Rodolfo Villapando, *alias* Poluto (1), ex guitarrista de una banda de punk rock y metido de lleno en el mundo del hampa; Mariano Lamoca, *alias* Fósforos (3), atracador y pirómano; y Quevedo, *alias* Quevedo (2), facineroso y analfabeto.

También aparece en la narración un numeroso grupo de novicios e iniciados en el culto de la secta; el abuelo de Benjamín hace acto de presencia una sola vez; hay unas cuantas cabras, y en su momento se hará mención de mi pato de goma, un esqueleto y «La Cosa».

# 1

## *Me presento y explico a qué se dedica mi querido progenitor*

Mi nombre es Silvestre y llevo una vida agitadísima; es más: casi siempre estoy metido en líos. Cualquier otro jovenzuelo estaría muy contento en mi lugar, seguro. Los jovenzuelos, por regla general, serían dichosos en el pellejo de Sandokán, de Miguel Strogoff o, más propiamente, de Jim Hawkins; yo no. Y no es que sea un tipo enfermizo, retraído o pusilánime —o sea, gallina—; de ninguna manera: me considero un muchacho bien formado, tirando a robusto y nada tímido. La razón por la que mi existencia agitada me molesta sobremanera es, simplemente, que prefiero el recogimiento y la vida interior. Supongo que estoy en mi derecho. Pues bien, nadie me comprende, y mucho menos mi padre; pero con mi padre voy en seguida.

¿Es que por el mero hecho de tener *sólo* catorce años debo andar todo el santo día haciendo el imbécil detrás de una pelota, o gastándome el dinero en esas máquinas dementes, o viendo lamentables películas de ciencia ficción? Eso no es para mí. Yo soy, por decirlo de alguna forma, un joven espiritual; puedo pasarme las horas muertas leyendo a Joyce, Proust o

Virginia Woolf, por citar sólo tres nombres; adoro el cine de Ingmar Bergman y Peter Greenaway; y Berlioz, Pergolesi y Rachmáninov me transportan con su música. Los ruidos de Whitesnake, Prince, Radio Futura y demás gentuza me producen náuseas, y además presumo de no haber leído en mi vida un cómic, historieta, tebeo o como diantres se diga, ni siquiera cuando era pequeño.

Mi padre dice, con su poco ortodoxo vocabulario, que como siga así me voy a acapullar del todo. Claro que la opinión de mi padre, francamente, no me preocupa, pues él, y no otro, es el culpable de mi ajetreada existencia; por causa suya pierdo horas de estudio y de lectura en absurdas peripecias que, además, a veces resultan harto peligrosas y siempre molestas. Porque mi padre es ladrón.

He dicho bien; mi padre se gana la vida robando, vive del hurto o, como él dice, quitándole al rico para darle al pobre, bien entendido que el pobre es siempre él mismo. Eso sí, sus elevados ingresos con esta actividad le permiten pagarme los colegios más caros y prestigiosos, circunstancia que me llena de satisfacción; claro que, como tenemos que cambiar de domicilio a menudo, raro es el colegio en el que asisto a más de un curso. Es algo verdaderamente enojoso, aunque dado que mi capacidad intelectual es superior a la media, jamás tengo problemas para superar mis exámenes con una razonable comodidad. Lo peor son las huidas precipitadas, ese vivir con el alma en vilo pensando que hoy ves a tu padre en casa y mañana lo puedes ver en prisión.

Y, por si fuera poco, a veces me hace participar en sus aventuras... Aunque esto no es del todo verdad; lo cierto es que me meto yo cuando lo veo tan liado que me parece al borde de la desmoralización.

En el fondo es un buen tipo y le tengo estima, así que de vez en cuando le echo una mano.

En mi opinión, si tuviera una esposa en condiciones a su lado, tal vez sentaría la cabeza. Porque mi madre, por lo que él me ha contado, era una mala mujer —él utiliza otra expresión, y no precisamente pelandusca— que cuando yo tenía ocho o nueve años, harta por un lado de vivir siempre a salto de mata, y por otro de los poemas latinos de Virgilio que yo andaba recitando de memoria a todas horas (reconozco que aquello era un poco fuerte, pero de pequeño uno hace tonterías), se largó de casa con un ecologista y nunca regresó. Naturalmente, mi padre podría volver a unirse con una mujer, pero está siempre tan ocupado preparando golpes que ni siquiera piensa en ello. Es posible que la huida de mi madre le causara un trauma, y por eso no quiere saber más de mujeres, pero éste es un asunto del que todavía no he hablado en serio con él, y si lo hiciera seguramente me mandaría, con su limitado léxico, a hacer puñetas.

En definitiva, mi padre es un señor de treinta y seis años, de estatura mediana, barbudo y apuesto, que viste de manera informal, lleva zapatillas deportivas, bebe cerveza, asiste a conciertos de rock y se gana la vida robando.

Pero que no cunda el pánico: jamás utiliza armas de ninguna clase (entre otras razones porque siente terror hacia las armas), y nunca roba a quien la falta de lo sustraído pueda significar un serio perjuicio. Mi padre no es Robin Hood, pero al menos es honesto a su manera. En el fondo su frase favorita, esa de que le roba al rico para darle al pobre, que no es otro que él mismo, tiene algo de verdad. Por lo demás, siempre roba solo (lo cual no le impide conocer, en algunos casos con pelos y señales, la vida y andanzas de una multitud de bandidos de todo el mundo: es un experto), y selecciona sus golpes concienzudamente, valorando riesgos y posibilidades de éxito hasta el mínimo detalle, precaución que a veces no le sirve para nada, por cierto. Y roba de todo. Como ladrón, mi padre se plega al signo de los tiempos y es ecléctico, o sea que lo mismo le da un alijo de diamantes que un cargamento de naranjas o un par de candelabros de oro. En cuanto a la vocación, no le falta: cuando a veces le acompaño al supermercado para hacer las compras de la semana, he podido constatar que no resiste la tentación de esconderse una lata de anchoas o alguna fruslería parecida en un bolsillo de la cazadora.

Aunque en ocasiones las cosas se complican, y entonces casi siempre estoy yo al quite, por utilizar un símil taurino. Recuerdo aquella vez en que robó un camión de cerdos para luego vender los puercos a un matadero clandestino y el camión al dueño de un taller de desguace con muy pocos escrúpulos. Yo le acompañé en el golpe porque me parecía gracioso y, por otra parte, en su plan de actuación hallé ciertas lagunas que me impulsaron a ir con él por si surgían problemas. En efecto, surgieron. Mi padre es un excelente conductor de toda clase de vehículos, desde motocicletas a remolques de gran tonelaje; un ladrón de altos vuelos debe estar preparado para todo. Pero una vez sustraído el camión con toda limpieza, una mancha de aceite que encontramos en una curva hizo que nos deslizásemos a la cuneta, donde el camión se inclinó aparatosamente, el peso de los gorrinos rompió las jaulas y en un santiamén andaban todos correteando por el campo a su albedrío y muy contentos por su recién recobrada libertad. Fue una historia tremenda de la que nos libramos de puro milagro, y gracias a un par de excelentes improvisaciones por mi parte, que tal vez relate en otra ocasión.

¿Y qué decir de la vez en que mi progenitor desplumó la caja de caudales de una rica y extravagante dama? Resultó que las joyas eran exactas imitaciones de las auténticas, las cuales guardaba la buena señora en una caja de seguridad de un banco. Mi padre ignoraba por supuesto este extremo, y colocó la mercancía falsa a distintos peristas (así se llaman los que compran material robado para luego revenderlo), y al cabo de unos días, descubierto el involuntario engaño, teníamos detrás de nosotros a la mitad del hampa de la ciudad. Fue realmente peligroso.

O la vez en que realizó un butrón (agujero en el suelo o en el techo o en la pared; detesto tal vocabulario, pero no puedo ignorarlo) en la oficina de un banco, y cuando ya se iba con el botín, simplemente se quedó atascado en el agujero. Suerte que pudo alcanzar con mil esfuerzos el cable de un teléfono, arrastrar el aparato hacia sí y llamarme para que fuera en su ayuda.

En fin, casos de este tipo, por no hablar de la constante persecución de la policía, el peligro de los chivatos y la feroz competencia de las bandas organizadas. Una vida imposible en la que de manera continua yo me veo envuelto y que me hurta de más educativas y gratificantes actividades.

Pero ahora que me he puesto a recordar, acaso una de las situaciones más comprometidas en que mi padre y yo nos metimos de lleno no hace mucho fue la que más tarde él mismo llamó —con su infantil afición a la literatura de quiosco— El misterio del ídolo de Aruba.

Todo comenzó un anochecer de otoño, en el último apartamento que habíamos alquilado, mientras yo hacía un paréntesis en mi estudio y me preparaba un bocadillo en la cocina. El vino de su habitación a por una cerveza, y como le vi tan iluminado, con ese aire de beatitud que siempre precede a sus mejores golpes, me interesé por sus inmediatos proyectos.

# 2

## *Un plan que no me entusiasma*

Mi padre destapó su botellín y me dijo que le siguiera a su habitación. Allí encontré el desbarajuste acostumbrado: mapas, planos, papeles y apuntes de distintos tamaños dispersos sobre la cama y el escritorio, además de recortes de periódicos, libros y alguna fotografía de dudosa calidad, documentos todos separados en un orden anárquico y sujetos por cascos vacíos de cerveza a modo de pisapapeles.

—No se trata de algo demasiado importante esta vez —dijo, paseando por la habitación con ademán meditabundo—, pero es sugestivo y puede molar.

Me senté sobre la alfombra y, mientras comía mi bocadillo, seguí interrogándole con la mirada.

—Bien —continuó, dando un trago a gollete y chasqueando la lengua (costumbre que nunca dejará de desagradarme)—, te lo contaré desde el principio. Creo que, dada tu anormal sapiencia, habrás oído hablar del sincretismo religioso de ciertos lugares de Sudamérica que...

—Naturalmente —me apresuré a interrumpirle—: a partir de la importación de esclavos africanos al Nuevo Mundo en el siglo XVI, pero mucho más intensamente en el XVII, se produjo de manera paulatina una extraña mezcla entre las religiones autóctonas de los indios, la religión impuesta de los conquistadores y los ritos a medio camino entre la magia y la superstición de los esclavos negros, dando como resultado nuevos ritos, particularmente numerosos e intensos en Brasil y las Antillas, como la macumba, el vudú, el omoloco, el candomblé, etc., que fueron muy perseguidos por las autoridades coloniales, lo cual, unido a que sólo eran, de momento, practicados por los grupos de indios y negros, hizo que su extensión, a pesar de su fuerza, fuera lenta. Pero a partir de la independencia, y de una forma gradual, estos cultos se hacen interraciales, con lo que consiguen una importancia creciente, incluso hasta nuestros días...

Mi padre, que cuando me vio empezar a hablar se había sentado en la cama, frente a mí, mirando a un punto indefinido de la pared, aprovechó el momento en que me detuve para respirar y me dijo, con cierto retintín:

—Eres un pozo de sabiduría, Silvestre. Pero haz el favor de achantar el mirlo si quieres que te explique mi próximo trabajo, ¿vale?

—Me interesa el aspecto antropológico de todos estos asuntos —puntualicé, y acto seguido engullí un nuevo mordisco de bocadillo y me dispuse a escuchar.

El se hizo con uno de los mapas desplegados sobre la cama y me lo mostró.

—Como veo que ya estás también al loro de todo eso, voy al grano. Las Antillas Holandesas son varias islitas frente a la costa de Venezuela, en las que desde hace siglos se desarrollaron algunos de los cultos supersticiosos de los que acabamos, es decir, acabas de hablar, aunque jamás alcanzaron una intensidad tan grande como en Haití o en Brasil, donde los fanáticos de las distintas sectas pueden llegar a cometer crímenes espantosos en nombre de sus ídolos mágicos y sus sacerdotes sanguinarios. Sin embargo, hace algunos años en una de estas pequeñas islas, que se llama Aruba, y donde por cierto creo que hay unas morenas que quitan el hipo —la señaló en el mapa—, fueron descubiertos, en circunstancias que aún desconozco y que por otro lado me importan un pimiento, cinco extraños idolillos iguales entre sí, construidos básicamente de obsidiana con incrustaciones de jade y turquesa. Como era de preveer...

—Prever, por favor, con una sola e.

—Como era de suponer, las estatuillas fueron rápidamente identificadas con una deidad muy popular por entonces; aparecieron en un plis plas los sacerdotes al uso; pasó algún tiempo; el culto se extendió con gran rapidez; surgieron templos, organizaciones, revistas e incluso un par de emisoras de radio que promulgaban la buena nueva a los cuatro vientos de toda la isla. ¿Me sigues?

Tragué y respondí:

—No es difícil, padre. Ahora bien, ¿puedes resumirme *grosso modo* en qué consiste esa «buena nueva» de la que hablas?

Se levantó y fue a la mesa, junto a la pared; revolvió un poco entre sus papelotes y finalmente sacó una especie de folleto y lo puso a mi alcance.

—Hace unos meses —dijo— me pararon por la calle un par de andobas con una pinta que partía, y me ofrecieron esta revistilla. Más para que ahuecaran que por otra cosa, y dado que su precio era casi simbólico, les aboné y me fui. Pensaba ensayar con ella un tiro de tres puntos en una papelera que tenía enfrente, pero su título me llamó la atención.

Lo que mi padre me había alargado era un folleto no muy grueso hecho con papel malo pero, al parecer, con una aceptable impresión. Su título era *Saco Parel - La Verdad del Saltarín.*

—Sin duda —comenté, dando por terminada mi merienda— te interesan las tonterías: esto parece el título de una novela para leer en el metro.

—Otro comentario de ese tipo —reaccionó él, serena pero tajantemente—, y esta charlita se acabó. ¿Estamos?

Tenía toda la razón del mundo. Mi superioridad intelectual a veces me empuja a portarme con un poco de pedantería. Además, ¿no era él el autor de mis días? Le debía un justo respeto, y así se lo dije; pedí disculpas y eché un vistazo a aquel boletín extravagante. En unos pocos minutos (cuando quiero, puedo leer al triple de la velocidad normal) tomé noticia de que a los idolillos en cuestión se los identificaba con la figura de un tal Saco Parel, una deidad más bien grotesca, apodada «El Saltarín» por la lógica razón de que sólo poseía una pierna. Por lo demás, había un batiburrillo de consejos piadosos, curaciones milagreras, críticas más o menos reaccionarias a determinadas instituciones y, sobre todo, la vaga tesis en que se inspiraba todo ello: el mundo ha de moverse por la «paz universal». Esta paz universal la entendí muy poco, pues a veces se hablaba de paz violenta, o sea, la paz impuesta por la fuerza, y en ocasiones de la paz del «miedo a Saco Parel», que a mí me recordó el miedo a Pedro Botero, por así decirlo, y cosas por el estilo. No quise continuar; tal sarta de sandeces comenzaba a aburrirme. Le devolví el folleto a mi padre y guardé un significativo silencio.

—Lo que pone en las páginas de dentro —dijo él— me hizo gracia, y algunos días después volví a encontrarme a los dos marcianos y les compré otras revistas y un librito con una breve historia de su secta que tengo por ahí. Vale; al principio no veía posibilidad alguna de beneficio en la historia, pero más tarde fui cambiando de forma de pensar, sobre todo a partir de la aparición en escena de un fulano al que creo conocer bien: Rafale Ginoto, más conocido en el mundo de la delincuencia internacional como «El Iluminado». Se le llamaba así porque, aparte de su muy respetable afición por el dinero ajeno, afirmaba ser la reencarnación de un faraón egipcio, y que estaba destinado a ser futuro representante en la tierra de los «Señores de la Cuarta Dimensión» y no sé qué más chorradas. De película.

Le hice un gesto a mi padre para que se detuviera porque el asunto se complicaba por momentos y consideré oportuno recapitular: así pues, aparecen en una pequeña isla del Caribe cinco idolillos iguales que pasan a formar parte de ciertas supersticiones como imágenes de Saco Parel, el Saltarín. La nueva secta adquiere cierto poder y prosperidad, y entonces aparece el tal Ginoto, una especie de gángster trotamundos de extrañas creencias.

—¿Cómo entra tal sujeto en la historia que nos ocupa —interrogué—, y, sobre todo, cómo lo sabes?

Mi padre volvió a la mesa y hurgó de nuevo entre la papelería.

—Ahí, ahí está lo extraordinario, Silvestre —dijo, esgrimiendo el libro en cuestión—; en la historia de la secta lo pone. Te leo:

> Misteriosos son los designios de quienes desde lo oscuro nos aman. Llegado un momento, en la sagra-

da Aruba, patria de los cinco Saco Parel, que son el poderoso y nos ama, se desató un enfrentamiento entre los Cinco Templos, y los sacerdotes de uno lanzaban a sus fieles contra los de los demás, y viceversa, de suerte que Amor fue a partir de entonces Odio, y Saco Parel se dividía como sus sagrados Cinco Símbolos, y sus fieles peleaban. Pero el Reverendo Rafale Ginoto, cuyo pasado pecador redimía en el culto del Amor del Saltarín desde hacía meses, fue iluminado y dijo: "No pelearemos. Somos cinco, y cinco son las partes del mundo. Allí iremos y será la paz. Y todos separados seguiremos siendo uno y el Amor y la hacienda uno. Y esto haremos por consejo y gracia de Saco Parel, el que ama, aun a costa del odio y la muerte, el que ama cinco veces en el universo." Y fue cierto y amamos separados en cinco con un solo amor. Y Ginoto, que supo ver en él Amor, es desde entonces el Iluminado y nos guía en la sagrada senda de Saco Parel, el Amado que ama, etc., etc.

»¿Te das cuenta? Todos los que le conocen saben que Ginoto fue atrapado y condenado *precisamente* en las Antillas Holandesas. Después de varios años en el trullo, arruinado y sin futuro, tiene noticia de la secta e ingresa en ella. Se forma un pitote curioso entre los cinco grupos, cada uno a gorrazos con su respectiva estatuilla, y ahí está Rafale Ginoto, el Iluminado, para decir lo que hay que hacer. La sospecha es de cajón: el viejo chorizo, ya de por sí obsesionado con manías exotéricas propias...

—Esotéricas; con ese, no con equis.

—...y al mismo tiempo muy puesto en el arte de la intriga y la patraña, piensa recuperar su prosperidad a costa de unos cuantos giles que, a su vez, extenderán el culto por el mundo entero. Enfrenta con sus líos a las cinco divisiones de la secta del Saltarín, les comunica su iluminado mensaje de repartirse por el mundo y...

—¿Y?

Ciertamente, a mí me parecían demasiadas deducciones de lo que tal vez no fuera sino un cúmulo de casualidades. Mi padre suspiró y volvió a su montón de recortes. Al cabo de unos segundos, tornó a decirme:

—No lo sé muy bien. Pero me da que ese mangante tiene planes muy concretos. No es la primera vez, ni será la última, que un charlatán emprima a unos cuantos, o incluso a unos miles, con cualquier historia, y luego sale de naja con las ganancias. Tengo algunos recortes que hablan de algunas denuncias, hasta ahora archivadas por falta de pruebas, o eso dicen. Pero la verdad es que ese tipo se trae algo entre manos. Para mí eso está claro.

Cambié de posición sobre la alfombra. El asunto tenía visos de ser bastante más turbio de lo que al principio pensé.

—Hay algo que no acabo de entender —dije—: ¿por qué Rafale Ginoto, caso de que sean ciertas tus sospechas, se presentó en la secta con su propio nombre, y no bajo su personalidad falsa?

Mi padre dio algunos pasos por la habitación y luego me miró y se encogió de hombros.

—Ya te he dicho que ese lerenda está mochales total. Si les costó tanto trabajo echarle el guante es porque era imprevisible, hacía cosas inexplicables que desbarataban, sin él pretenderlo, todas las pistas. Finalmente, cayó. Pero de todas formas no me preocupan sus guilladuras; eso no afecta a mis planes. El caso es que la secta del Saltarín eligió este país para iniciar su expansión en Europa. Deben de tener parné a espuertas. En el librito y alguna revista viene una exacta localización de su centro de operaciones. Está aquí —señaló un punto en un mapa de carreteras—. Es un sitio lejos de todo, como de costumbre. Su sistema consiste en instalarse en un lugar muy apartado, y a partir de ahí diseminar a sus fieles por las ciudades para hacer nuevos prosélitos, que a su vez trabajarán para el grupo de cualquier manera, harán colectas, pedirán a los poderosos, tratarán de ganar influencias, todo eso. Sé de buena tinta que en América son ya muy importantes. En el resto del mundo sólo están empezando.

Me levanté y fui hacia la mesa llena de papeles. Miré por encima mapas, revistas y recortes de prensa. Mientras tanto, mi padre procedió a explicarme su plan. Este consistía no en robar el ídolo, como algunos que se creen listos habrán pensado, sino en secuestrarlo, es decir, llevar la imagen de Saco Parel a un escondite seguro y pedir luego un rescate por él. En buena lógica, Rafale Ginoto preferiría evitar publicidad negativa o sensacionalista, y no dudaría en pagar (mi padre dijo «soltar la mosca»).

—Para eso —continuó— me meto en la secta, paso algún tiempo estudiando el asunto en el lugar, y luego apando al bueno del Saltarín, lo escondo, les digo a esos soplagaitas lo que hay, cobro, se lo devuelvo y a vivir, Silvestre, que total son cuatro días y hay que quitarle al rico para darle al pobre.

Naturalmente, yo no lo veía tan claro. La empresa tendría alguna dificultad más de la que mi optimista progenitor le concedía. Así se lo hice saber.

—Para nada, para nada —fue su convencida respuesta—; esos tipos son, ante todo, pacíficos, místicos extravagantes que preconizan el amor universal. Será como robarle el monopatín a un niño deficiente.

—Esos místicos extravagantes, como tú dices —aduje yo—, son, casi con toda seguridad, fanáticos, y se pondrán como fieras si ven que tocas su ídolo. Tanto más cuanto que lo tuyo, al haberte introducido previamente en la secta, será considerado una traición. Hay algo en todo esto que no me gusta nada. Yo creo que debes dejarlo correr.

No pude sacarle de su convencimiento de que aquello era un golpe sencillo. Previendo que muy probablemente habría problemas, le pedí acompañarle y él aceptó gustoso, convencido de la total ausencia de riesgo.

—Y así —añadió— te separas por un tiempo de esos librotes que te tienen comido el tarro.

Algo que entonces no podía explicarme, una especie de presentimiento, me decía que ahí comenzaba una aventura de imprevisible final.

# 3

## *Comienzo de una rara aventura*

A partir del momento en que yo estuve metido de lleno en el golpe, participé en los preparativos. Consideramos que lo mejor era trasladarnos a la población más cercana al lugar del futuro robo en un automóvil alquilado, y desde allí cogeríamos un autobús hasta el quilómetro de la carretera desde donde deberíamos continuar a pie. Para la huida robaríamos algún vehículo de la secta, y en cuanto nos fuera posible tomaríamos un autobús o un tren y nos alejaríamos con el ídolo en nuestro poder. Para entrar en la secta como novicios pensábamos que bastaría, además del pago de la presumible cuota, presentar uno de los folletos del Saltarín y declarar nuestro profundo e inconmovible deseo de ser iniciados en el culto de Saco Parel. Por lo demás, habría que improvisar en función de las características del lugar.

Por una precaución que no me explicó, mi padre se afeitó la barba. Yo, como no tenía barba —aunque en todo he sido siempre muy precoz— decidí cortarme el pelo al cero. Daba pena verme despojado de mi hermoso cabello rubio, pero también consideré, sin saber por qué, conveniente un cambio de aspecto.

Además, estudiamos concienzudamente un plano de la zona en cuestión, procurando memorizar los accidentes del terreno y las carreteras comarcales, para saber orientarnos llegado el caso. Y por último estudiamos a fondo la historia de la secta —para mi memoria eso fue sencillo—, y mi padre me puso sobre aviso de las características muy peculiares de Rafale Ginoto, por si acaso, aunque no esperábamos encontrarnos frente a él. Según me dijo, a sus extravagancias de iluminado había que añadir un ingenio fuera de lo normal, y sobre todo una falta de escrúpulos imperdonable en un ladrón de alto rango. Por lo visto era hábil, pero le faltaba la elegancia necesaria para despreciar los trabajos demasiado sucios. Había estado en la cresta de la ola para después caer; se volvió a levantar y, por último, fue atrapado, convicto y condenado, y se hundió. Sin embargo, ahora parecía querer levantar de nuevo el vuelo a expensas de la secta del Saltarín.

Con todo esto pasaron un par de días, y al cabo nos decidimos a partir. Sobre el viaje poco tengo que contar. Aquél era un otoño lluvioso —tiempo que estimula mi naturaleza reflexiva—, y habría disfrutado ampliamente del paisaje a bordo de aquel espléndido coche de alquiler, de no haber sido por las espantosas cintas de rock duro que mi padre se empeñaba en introducir sin descanso en el radiocasette. A lo largo de los varios cientos de quilómetros que nos separaban de nuestro objetivo, hube de soportar el abuso de decibelios de grupos por lo demás tan antiguos como Led Zeppelin, Johnny Winter, MC 5 y no sé cuántos más. Con aquel escándalo el paisaje se difuminaba, y ni siquiera podía concentrarme en el libro de poemas de Paul Valéry (*Le Cimetière Marin*) que para la ocasión había llevado.

Mi padre, en cambio, lo pasaba bien. Sin barba y tan contento, parecía un chico a la busca de aventuras descabelladas, y viéndolo así no pude por menos de volver a pensar en lo conveniente —y sencillo— que le resultaría normalizar su situación sentimental. Pero de eso ya hablé en otro capítulo.

—¿Te he contado cuando estuve viendo a Lou Reed en el Pabellón, allá por mil novecientos setenta y cuatro? ¡Qué tiempos, chaval! —me dijo, cuando ya llevábamos varias horas de viaje sobre carreteras mojadas y casi solitarias. Afortunadamente, yo vigilaba el mapa y le avisé de la proximidad del desvío.

En efecto, al cabo de un par de quilómetros encontramos la señal, y en breve pudimos ver a lo lejos los arrabales de la última ciudad importante antes de nuestro destino. Una vez allí devolvimos el coche en el garaje de la agencia de alquiler, comimos cualquier cosa y nos embarcamos en un autobús que nos llevó hasta una sombría curva de una carretera comarcal, donde nos apeamos.

Nuestro equipaje era mínimo, y ninguna de las bolsas nos molestaba; además, nuestros chubasqueros nos protegían perfectamente de la lluvia, pero la tierra estaba embarrada y eso nos dificultaba el avance. Nos introdujimos por una especie de trocha que nos llevó a un camino horadado por surcos de ruedas y cubierto de charcos. Examinamos concienzudamente los planos y, al fin, nos decidimos por una dirección.

Era aquella una comarca por lo visto desierta. Las tierras parecían abandonadas, pero en cuanto me fijé con un poco de atención comprendí que aquel era un valle pedregoso donde el cultivo era casi imposible. A nuestra derecha, según avanzábamos, se levantaba un risco de aspecto impresionante, en cuya ladera más cercana crecía un espléndido bosque que me pareció compuesto de fresnos y hayas. Al frente y a lo lejos, más allá de la llovizna gris, podía adivinarse una serie de colinas de diferentes alturas, y a nuestra izquierda, al otro lado del pedrizo valle, una hilera densa de árboles delataba la existencia de un riachuelo. Aquellos datos geográficos coincidían bastante bien con los que habíamos estudiado en los distintos mapas, de manera que consideramos que estábamos en el buen camino. Sin embargo, lo embarrado del suelo y la cada vez más escasa luz del atardecer nos preocupaba.

Tardamos poco menos de una hora en divisar, casi al pie de un extremo del risco a nuestra derecha, la sombra destartalada y borrosa de lo que seguramente era el santuario de la secta de Saco Parel, y cuando llegamos a lo que parecía ser el portón de entrada (señalizado por un farol de petróleo), la noche se había desplomado sobre aquella región del mundo, así que no pudimos hacernos una idea exacta de la forma exterior del edificio, salvo que era grande, muy grande, y tenía varias pequeñas ventanas, al otro lado de las cuales se divisaba un leve resplandor.

—Esta gente debe de estar mal del tiesto por completo para vivir en un sitio como éste —exclamó mi padre, buscando un timbre, una campana o algo parecido. Por fin decidimos hacer funcionar el grueso aldabón que aparecía en el centro de la puerta, y sus golpes resonaron en la noche como disparos.

Debo reconocer que aquello empezaba a parecerme grotesco de tan lúgubre; y un presentimiento extraño persistía en mí, y con unas cosas y otras me sentía bastante mal.

Esperamos bajo la lluvia con nuestras bolsas colgadas del hombro, los chubasqueros encajados hasta las cejas, mirándonos como dos pasmarotes a la incierta luz del farol de petróleo, cuando, al cabo de medio minuto más o menos, se oyó un ruido al otro lado del portón y una mirilla enrejada se abrió. Un ojo muy blanco y muy redondo nos miró de arriba abajo.

—Saco Parel nos ama —se oyó una vocecilla con acento peculiar—. Saco Parel son cinco pero sólo uno ama, cinco veces el mundo y el universo. ¿Qué queréis?

Mi padre carraspeó (y casi podría asegurar que se cuadró), y dijo:

—Saco Parel ama, y el amor es el amor, o sea, del universo que nos ama y queremos entrar.

El ojo seguía observándonos desde la mirilla. Pasaron unos segundos y al cabo sonaron cerraduras y pasadores y la puerta se entreabrió.

El autor de mis días hizo un gesto significativo en la penumbra y los dos penetramos en un zaguán no excesivamente ancho, pero sí muy alto. Quien nos había abierto el portón era un negro enjuto de alrededor de metro y medio de alto, aunque la deficiente luz de la lámpara de butano que portaba no me permitió calcularlo con exactitud. Tenía un rostro lleno de dos ojos redondos y blancos que parecían continuamente asombrados. A lo mejor, ciertamente, estaba asombrado. Vestía un blusón blanco y amplios pantalones del mismo color, y le caracterizaba sobre todo un detalle que me espantó: le faltaba la pierna derecha a la altura del muslo y para tenerse en pie se apoyaba en una muleta de madera.

—¿Estáis citados? —preguntó. Parecía amable.

—No —respondió mi padre—; queremos ver al Gran Preste, queremos amar, queremos entrar para siempre en la secta de Saco Parel, el que ama, es decir, somos nuevos aunque amamos y sería nuestro más ferviente deseo ingresar para amar. ¿Entiende usted?

En mi opinión, mi progenitor se estaba propasando un poco con lo del amor. Temí que el individuo de raza negra creyera que nos estábamos burlando. Permaneció unos instantes con la lámpara de butano en alto, como preso de profundas reflexiones, mirando con sus ojos redondos a un lugar indefinido por encima de nuestras cabezas. Luego dijo:

—Es muy tarde. El Gran Preste sólo recibe de día, cuando el sol de arriba se muestra como señal de amor del que tiene cinco cuerpos; amar es la verdad, lo dijo el que salta.

Empecé a sospechar que aquel individuo era más bien imbécil; si todos los de la comunidad eran iguales, el golpe sería sencillo (pero me preocupaba lo de *una sola pierna*). Mi padre insistió; aseguró que veníamos de muy lejos (nuestro aspecto embarrado casi hasta la cintura así lo demostraba), que queríamos amar, que rogaba una excepción amorosa, si podía ser, que el Gran Preste a buen seguro entendería, tal vez podría buscarse algún modo, y viva el amor.

El señor de los ojos redondos meneó la cabeza, murmuró algo que no entendimos, y luego, encogiéndose de hombros, nos hizo un gesto y le seguimos por un estrecho y corto corredor hasta una sala contigua en cuyo centro había una mesa rústica y, adosados a las paredes, bancos de madera corridos. Sobre la mesa había unos discretos candelabros armados de velones que nuestro hombre encendió. Nos dijo después que esperásemos allí y que bajo ningún concepto saliéramos, por mucha que fuera su tardanza en volver, y se fue manejando su muleta con siniestra cadencia.

No bien estuvimos solos, expresé a mi padre mi preocupación:

—Espero que para entrar en la secta no haya que renunciar a una pierna.

—No seas capullo, Silvestre —dijo él, que por pura deformación profesional examinaba los candelabros—. Además, los dos tipos que me vendieron las revistas estaban enteros.

—Saco Parel tiene una sola pierna —aduje yo—; si éstos son tan fanáticos como me temo, capaces son de amputarse una extremidad inferior para parecerse más a su ídolo.

El responsable de mi existencia prefirió olvidar el asunto que, ahora lo reconozco, era ciertamente descabellado por mi parte. Cogió uno de los candelabros y lo aproximó a una pared, de donde colgaba un gran retrato fotográfico.

—Ahí lo tienes —dijo, señalando al retrato—: el gran tunante.

Colegí que se trataba de Rafale Ginoto. Era un señor más bien gordo, de unos cincuenta años, nariz aguileña, y unos ojillos sorprendentemente simpáticos. Llevaba puesto una especie de extraño turbante negro, y sonreía un poco de lado. La sonrisa se notaba algo falsa.

—Así, de pronto —comenté—, parece buena persona.

—Puede que incluso lo sea, en cierta forma. Yo lo traté muy poco de joven. Pero entérate bien: cuando quiere puede ser un perfecto canalla. Espero que siga tranquilo en Aruba y no se le ocurra pasar por aquí mientras nosotros estemos en el ajo. Silencio; alguien viene.

En efecto, desde el pasillo nos llegó un sordo rumor y en seguida apareció en la sala un joven con un turbante parecido al del retrato de Ginoto, con blusón y pantalones blancos. Iba descalzo.

—Saco Parel es amor y nada hay fuera del amor. ¿Queréis ver al Gran Preste?

Dijimos que sí.

—¿Qué sabéis del que salta? ¿Qué sabéis del amor?

—Ese es nuestro anhelo, saber —dijo mi padre—. Ahora somos unos ignorantes que queremos amar. Hemos leído unas revistas, y hemos hablado con dos de los vuestros...

El joven hizo un gesto de silencio y luego nos ordenó muy serio que le siguiéramos.

Cuando íbamos tras la luz de su lámpara de gas, mi padre me susurró al oído:

—¿Has visto? Tiene *dos* piernas.

—Sí —repuse yo, aliviado.

Pero aquella estrambótica aventura no había hecho sino comenzar.

# 4

## *El Gran Preste*

El joven nos condujo con sus dos tranquilizadoras piernas por varios corredores; salimos finalmente a lo que a mí me pareció una especie de claustro, y después de doblar una de sus esquinas penetramos en una galería ancha a cuyos lados había muchas puertas, como si se tratase de celdas. Al fondo de la galería, también a ambos lados, subían sendas y lóbregas escaleras; ascendimos por la de la izquierda y por fin llegamos frente a una puerta, a la que el joven llamó y entramos. Parecía un despacho de mobiliario reducido a una mesa grande y tres sillas. Tras la puerta había un voluminoso fichero, y de la pared frente a la puerta colgaba un retrato de Rafale Ginoto semejante al que habíamos visto antes. La iluminación provenía de varias lámparas de butano colgadas del techo. Sentado a la mesa un hombre nos observaba con una gran sonrisa; nos invitó a sentarnos e hizo una seña al joven para que se fuera.

—Me han comunicado que deseáis hablar conmigo —dijo—. Realmente os habéis llenado de barro.

—Disculpe usted si le ponemos esto perdido —se

lamentó mi padre—; no hemos tenido ocasión de asearnos para verle a usted. Estamos consternados.

—Oh, oh, por favor —sonrió el hombre de oreja a oreja—, nada de disculpas; os amo y quiero que aprendáis a amar. El amor lo es todo y Saco Parel es el amor. ¿Verdaderamente deseáis ingresar en nuestra orden?

Era un individuo de edad indefinida —¿acaso alrededor de cuarenta años?—, de muy amplia frente debido a su comienzo de calvicie, vestido de blanco como los otros, que, sin dejar de sonreír, miraba muy interesado mi brillante cabeza pelada.

—¡Sí! —exclamó mi progenitor tratando de bordar su papel, sin conseguirlo—. Desde que conocimos, aunque vagamente, la existencia del Saltarín, sólo deseamos entrar en conocimiento del amor universal del que son cinco pero sólo es uno y ama por cinco, al que amamos, esto es.

—Ya, ya —se reía el Gran Preste y movía la cabeza afirmativamente—. ¿Y el niño, qué?

Lo de *niño* lo decía, como es de suponer, por mí. Dado que no tuve por oportuno iniciar una discusión sobre la edad exacta del comienzo de la pubertad, y por ello el fin de la infancia, etcétera, guardé —por el momento— un hosco silencio. Yo siempre me mantengo por encima de ciertas cosas.

El padre de la criatura me miró; luego miró al otro, confuso:

—¿Qué, de qué? —balbució.

La sonrisa del Gran Preste no se inmutó. Aquello tenía mérito, qué duda cabe.

—Digo —dijo— que el niño viene contigo en calidad de qué.

—Ah, ah, entiendo. Aquí el joven es hijo mío. Estamos solos en este mundo desde la muerte de mi esposa. Ambos necesitábamos algo, y no sabíamos qué. Cuando la luz del amor de Saco Parel nos salió al paso, ya sólo pensamos que aquí se encontraba lo que soñábamos. Naturalmente, traigo todo el papeleo en regla; no habrá problemas, señor.

El Gran Preste volvió a observarme, y no debía de creerse demasiado lo que acababa de oír, porque me preguntó:

—¿Así que quieres ser hermano de la Santa Orden de Saco Parel, majete?

Entonces sí consideré llegado el momento de ponerle las cosas en claro a aquel cretino, pues, si los equívocos no se resuelven desde el principio, a menudo desembocan en situaciones harto molestas. En consecuencia, manifesté lo siguiente:

—Reverendo Gran Preste, a quien espero tener el honor de amar en el futuro en el seno de las santas creencias del Saltarín: no se deje engañar por mi aspecto y atienda sobre todo a las inquietudes de mi espíritu. Acaso soy aún muy joven, pero no demasiado como para no comprender que nada en el mundo ha de tener importancia al margen del amor universal del que, desde sus cinco símbolos en las cinco partes del mundo, nos ama y nos hace amar por encima, a buen seguro, de nuestras limitaciones. Si soy joven en el cuerpo y en el alma, no soy pequeño en mis ansias de aprender, y mis deseos al respecto son tan profundos como los de mi padre, aquí presente. Pero Saco Parel es más sabio.

Mientras yo ensartaba estas cuatro idioteces con la voz más engolada que me era posible, mi padre movía afirmativamente la cabeza y miraba al Gran Preste como diciendo «eso, eso». Al cabo de unos segundos de turbio silencio, en los que el hombre de la sonrisa me miró algo atónito, éste exclamó:

—Veo que nos encontramos ante un *muchacho* de fácil verbo y convincentes palabras. ¡Bravo! Serás muy útil a nuestra causa. Sin embargo, quiero advertiros que el camino del amor no es sencillo. Me temo que vuestros conocimientos sobre nuestro rito no pasarán de algunas generalidades. No importa: si la fe os ha tocado, pasaréis las pruebas. Ahora bien, sabed que la vanidad y el orgullo han de quedarse fuera de los muros de nuestra casa. Aquí aprendemos a amarnos, ciertamente, y a amar el mensaje de los vivos y los muertos por boca de los elegidos del Saltarín. Pero, en el momento en que seáis aceptados en la Orden, todo vuestro pasado ya no os pertenecerá. Todas vuestras posesiones, todo vuestro trabajo, todo vuestro pensamiento y, en definitiva, toda vuestra vida, ha de ser patrimonio de Saco Parel y su doctrina del amor absoluto. Tendréis que trabajar para lograr vuestro sustento y el de la Sagrada Orden; haréis proselitismo y sufriréis, tal vez, persecución. Todo ello por la nada material, por la pobreza y la privación, pero a cambio del gradual conocimiento de la magia del que salta y ama en cinco partes como uno solo.

El Gran Preste se calló y nos miró alternativamente, con su sonrisa petrificada. Por lo menos, tenía los dientes limpios. Mi padre pensó que era oportuno dar otro golpe de efecto y, mientras buscaba en su bolsa, dijo:

—Nosotros, desde antes de ingresar en la Santa Orden, queremos lo mejor para ella. Por desgracia, somos pobres —y dejó sobre la mesa, además de las revistas y los folletos, un par de fajos de billetes de banco que hicieron que al Gran Preste le temblaran por primera vez las comisuras de los labios.

—Bueno, bueno —dijo—, no estáis obligados a pagar nada todavía, pero, naturalmente, siempre son bien recibidos los donativos. En cualquier caso, guardaré vuestro dinero en depósito. Ahora conviene que os aseéis. Os serán asignadas dos celdas. Descansad bien; mañana se os dará un preceptor. Que Saco Parel os acompañe y os ame.

Agitó una campanilla y volvió el joven de antes, que nos condujo de nuevo por la galería hasta el otro extremo, por el que cruzamos un par de puertas, penetramos en el claustro y en seguida estuvimos en las duchas. Unas grandes cisternas junto al techo —sin duda llenas a base de bombas— garantizaban el agua corriente, aunque fría. No mentiré si afirmo que aquéllos fueron dos de los minutos más espantosos de mi hasta entonces aún corta existencia. Acostumbrado como estaba al lujo y al confort, aquella ducha gélida obró en mí como una tortura; tanto, que comprendí a aquellos que cantan *El Barbero de Sevilla* mientras se dedican a la cotidiana higiene; había que aullar para soportarlo. Amoratado, medio muerto, me froté con la toalla hasta entrar medianamente en calor. Salí con la toalla enrollada a la cintura y la ropa sucia en un hatillo del que se desprendía barro reseco. Mi padre salió de la ducha vecina con un aspecto lamentable; estaba lívido y respiraba entrecortadamente.

—Desde que hice el servicio militar —murmuró, tiritando— no lo había pasado tan mal, hijo mío.

Fuimos finalmente conducidos a dos celdas libres en la galería que ya conocíamos; en la que me tocó en suerte —y supuse que todas eran iguales— había un jergón adosado a la pared, una mesita, una silla y un perchero. El suelo era de cemento, como el de las duchas. Nada más entrar en la estancia, el joven que nos había dirigido me dijo que todas las puertas se cerraban por fuera durante la noche.

—Hay un orinal bajo el catre —añadió.

Y, antes de que cerrase, vi sobre su hombro cómo mi padre, un tanto repuesto, me dirigía un guiño de complicidad.

Me resigné a permanecer encerrado, a pesar de la incipiente claustrofobia que empezaba a hormiguearme por dentro. Al fin y al cabo, la claustrofobia era soportable; no así la posibilidad de tener que utilizar el orinal. El orinal es un invento repugnante, acaso imprescindible en tiempos pretéritos, pero todos aquellos que, a estas alturas del siglo XX, aún lo utilizan, deberían ser reeducados en centros especiales instituidos al respecto.

En fin, me acosté y apagué la vela miserable que servía por toda iluminación.

No me había dado cuenta hasta entonces, pero estaba muy cansado. Tal vez por eso me costaba trabajo dormirme. Daba vueltas sobre mi catre recapitulando de qué forma me había metido en aquellas incomodidades, y sin dejar de sentir que en aquella nueva peripecia se ocultaban peligros sin cuento, cuando escuché, al otro lado de las paredes y la puerta, un rumor que, poco a poco, fue en aumento. Me incorporé en el lecho y miré la hora: me extrañó que sólo fueran las doce; naturalmente, lo novedoso y pintoresco de los últimos sucesos me había hecho inconscientemente pensar que el tiempo se aceleraba.

El ruido fue haciéndose cada vez más nítido, y por último deduje que se trataba, casi sin ninguna duda, de voces humanas con fondo de tam-tam. Imaginé las más diabólicas ceremonias, los aquelarres más alocados y sangrientos que, de seguro, se celebraban en esos instantes en alguna lóbrega cripta de aquel lugar húmedo y maldito. Hacía frío y el cobertor no me bastaba. Todo iba mal, muy mal.

El sueño me venció por fin algunas horas después, y mientras caía en la anhelada inconsciencia no podía dejar de preguntarme qué desagradables sorpresas nos aguardaban al día siguiente.

# 5

## *Una vieja abadía y un fenómeno*

Al despertar, sobresaltado por el ruido de la cerradura, me parecía haber dormido apenas unos minutos. Sin embargo, cuando la puerta se abrió vi al otro lado el resplandor del día. El mismo joven de la noche anterior me dio un hatillo de ropa y dijo:

—Puedes llamarme Efraín, si quieres. Debes entregarme tu ropa; aquí todos vestimos de blanco.

Hice lo que me pidió y, mientras Efraín abría la celda de mi padre, procedí a vestirme con aquellas prendas anchas y blancas. Afortunadamente, en el equipo iba incluido un par de alpargatas muy cómodas. Cuando salí y vi a mi padre en la galería con aquel ropaje de paleto tropical, no pude reprimir la risa. El lo tomó con cierto distanciamiento y me hizo notar con mucha razón que yo, evidentemente, no me había visto en un espejo.

La mayoría de las celdas de la galería —calculé cuarenta, más o menos— estaban ya abiertas, y de ellas salían individuos de muy diversas edades y aspectos, todos ellos vestidos de blanco; avanzaban hacia el claustro y desaparecían tras alguna esquina en diversas direcciones. Recordé entonces los ruidos de la noche y dejé de reír. Mi padre tenía pinta de haber dormido mal; era claro que él también había oído las voces y el tam-tam.

Acto seguido nos dirigimos a las duchas, donde yo me limité a lavarme la cara y utilizar el retrete con cierta sensación de triunfo por haber mantenido mi orinal vacío.

—Saco Parel es la sabiduría y en él está la salvación. El Gran Preste me ha ordenado que os enseñe La Casa —exclamó Efraín con mucho énfasis. Se trataba de un joven blanco de unos veinte años, muy serio, que al parecer siempre iba descalzo y cubría su pelo con el negro turbante característico de la secta.

Aquello nos pareció de perlas. Si había que secuestrar al ídolo, cuanto antes conociéramos el teatro de operaciones, tanto mejor.

Salimos al claustro, y pude comprobar que pertenecía al período románico y se encontraba casi por completo en ruinas. Aquí y allá, bajo los arcos y entre las columnas, distintas vigas y andamios de aspecto provisional impedían el derrumbamiento. La mañana era algo fría, pero el cielo cubierto del día anterior había dado paso a un firmamento azul que se encendía hacia el este con el sol que comenzaba a subir. Junto al ala del claustro peor conservada, se levantaba un templo de aspecto desolador por su abandono. No era muy alto, y toda su techumbre era un esqueleto de vigas carcomidas.

Efraín nos condujo luego al exterior del claustro por su ala oeste, y empleamos una parte de la mañana en recorrer lo que en definitiva eran los restos de una abadía del siglo XI (o quizá del XII: no soy un experto), junto con todas sus dependencias y alrededores. Aquella serie de edificaciones mitad monasterio y mitad castillo, peor conservadas unas que otras, era el lugar que la secta de Saco Parel había elegido como punto de partida para su expansión por el continente.

Como es de suponer, no tengo intención de describir aquel paraje (o, como lo llamaba nuestro guía, «La Casa») con pelos y señales, de manera que me he permitido hacer una especie de croquis aproximativo del lugar. Que a nadie le extrañe su más que correcta ejecución: la naturaleza me ha dotado de unas aptitudes artísticas no despreciables, si bien el dibujo no es más que una afición menor para mí.

Del claustro fuimos al pórtico de la iglesia, totalmente destruido por el paso del tiempo —y, quizá, un incendio—; la torre del campanario, sin embargo, estaba en bastantes buenas condiciones. Efraín afirmó que la iglesia estaba abandonada, a pesar de lo cual su acceso era prohibido a los novicios. Dimos, pues, la vuelta hacia el este, y nos topamos con un barracón de ladrillo recientemente construido, con lo que parecía un gran generador adosado en uno de sus extremos. En aquella zona abundaban los restos de una muralla, que en el este y en el norte se conservaba casi intacta. La muralla tenía dos torreones cuadrados que no parecían tener utilización alguna en aquel tiempo, salvo delimitar una amplia explanada donde permanecían los viejos establos, que servían de hogar a las cabras y a las gallinas. Ascendimos por una estrecha escalera de piedra a la muralla por el lado norte, y vimos que daba al riachuelo, el cual se convertía en una especie de foso de aspecto siniestro en una de las alas del edificio principal. Más allá se distinguían los huertos, en los que se divisaba, trabajando, a varias figurillas vestidas de blanco. En la explanada, junto a la muralla norte había una hilera de seis o siete pequeñas furgonetas y un coche

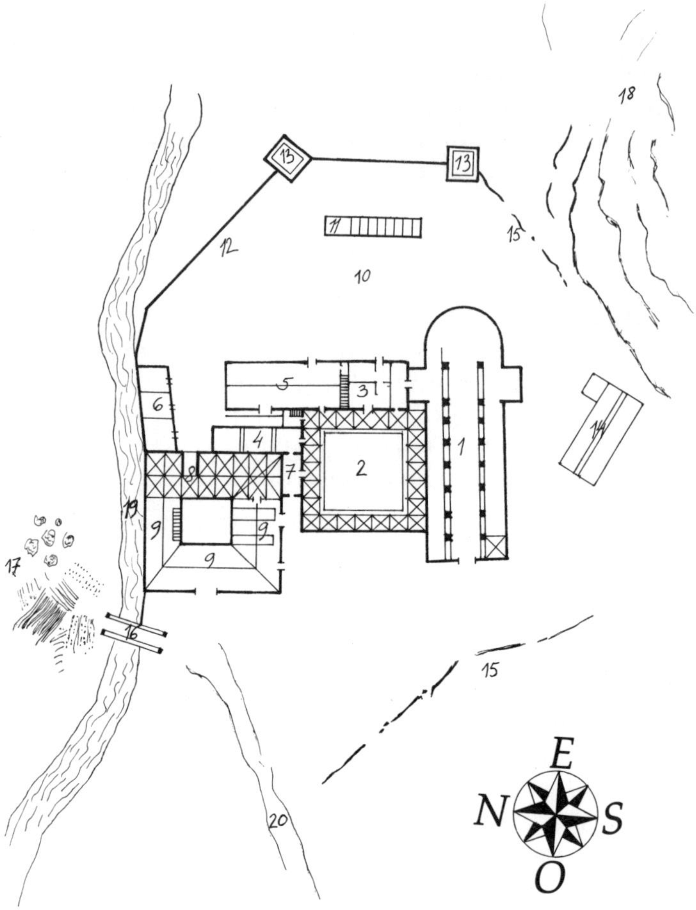


**PLANO DE LA ABADÍA**

*1. Iglesia / 2. Claustro / 3. Aseos (antigua sala capitular) / 4. Refectorio / 5. Aposentos de los iniciados / 6. Almacenes / 7. Cocina / 8. Galería de celdas de los novicios / 9. Dependencias / 10. Explanada / 11. Establos / 12. Aparcamiento / 13. Torreones / 14. Taller / 15. Restos de la muralla / 16. Puente / 17. Huerto / 18. Estribaciones del risco / 19. Foso / 20. Camino de la carretera.*

de aspecto veloz al que mi padre dirigió una muy significativa mirada impregnada de planes.

Después descendimos, pasamos ante uno de los extremos del edificio donde estaban los aposentos de los iniciados —también prohibido para nosotros—, y entre unos almacenes apenas restaurados y la parte trasera del refectorio, regresamos a la galería de las celdas de los novicios, en la planta baja del ala este del edificio principal. En el ala sur del edificio estaban las demás dependencias —que no eran otra cosa que el lavadero y una minúscula enfermería—, y en el centro un patio interior húmedo y sombrío y en completo abandono.

Durante todo el recorrido, Efraín se limitó a nombrar los distintos lugares por los que pasábamos. Una vez que la visita al parecer había terminado, dijo:

—Ahora ya conocéis la casa de Aquel que ama y habla por boca de los iluminados. Todo lo que no os he mostrado os está prohibido. El Saltarín es bondadoso, pero también inflexible; jamás olvidéis esto. Hablaréis lo mínimo entre vosotros; habréis de elegir entre los talleres, la huerta o el rebaño; nadie está ocioso si quiere aprender la magia del Amor. Respetaréis los horarios a rajatabla. Pero yo no soy vuestro preceptor. El Gran Preste dispondrá. Ahora, os espera.

Nos encaminamos al despacho del Gran Preste y el señor nos recibió con su gesto inmutable. Me pregunté qué se sentiría golpeando aquel rostro partido alegremente en dos por una sonrisa que casi llegaba al cogote. (No me gustó ese pensamiento: soy por naturaleza enemigo de toda violencia; ahí me parezco a mi padre.)

—Creo que ya conocéis el Santuario del amante Saco Parel, que dice verdad y nos ama —dijo—. Los lugares que no se os han enseñado son, simplemente, lugares prohibidos para vosotros. A partir de ahora seréis considerados novicios, y estáis por lo tanto sujetos a la disciplina. Por lo pronto, quiero que conozcáis a vuestro preceptor.

Agitó una campanilla y en seguida la puerta se abrió para dar paso a uno de los individuos más pintorescos que yo había visto en mi vida.

Su vestimenta no difería en modo alguno de la oficial: turbante negro de iniciado, blusón y pantalones blancos, alpargatas. Ahora bien: era negro, como el señor cojo que nos recibió la noche anterior, tenía los ojos pequeños y acuosos y una nariz ancha y aplastada, además de unas grandes orejas. Las orejas de aquel hombre podían ser introducidas sin ningún problema en un tratado sobre lo paranormal; les calculé una longitud, desde la parte superior hasta el lóbulo, de unos doce centímetros, y juro que no exagero. Pero en fin, orejas grandes hay muchas y, en cuanto a tamaño, uno nunca sabe qué extravagancias puede cometer la naturaleza con los órganos humanos. En cuanto a tamaño, repito. Sin embargo, lo más extraordinario de aquellas orejas no estaba en su tamaño, sino en su color: eran azules.

¿Qué raro desarreglo metabólico o circulatorio de aquel sujeto hacía que sus pabellones auditivos adoptasen tan impropio color? ¿Se trataba, acaso, de un milagro jocoso del amoroso e incluso gracioso Saco Parel? Jamás me atreví a preguntárselo. Aparentaba unos setenta años, y por lo demás era portador de unas de esas alucinantes lentes aptas sólo para leer, y por lo tanto estrechas hasta el ridículo; sus labios eran tan anchos como largos, carnosos y rosados, y su cuello resultaba un delgado amasijo de pliegues que parecían rodear, sin carne de por medio, la tráquea, las venas y las vértebras. Las manos tampoco estaban mal: recordaban en cierto modo, por su flacura y largueza, esos montones de sarmientos que resultan de la poda de una parra. Como habría dicho mi padre, aquel fulano era de película.

Luego de unos segundos en que nos estudiamos mutuamente, el fenómeno procedió a presentarse.

—Llamadme Jalam Batumec, si es de vuestro agrado. Ya os amo. Pero el que salta os amó siempre —dijo, lo cual nos permitió conocer otra faceta fascinante de aquel hombre excepcional: su voz. Era una vocecilla al mismo tiempo aguda y gangosa, con un marcado acento caribeño, más propia de un duende estrafalario que de un preceptor. El llamado Jalam Batumec debía de ser originario de Aruba, la isla santa para aquellas personas, y eso, unido a sus peculiaridades fisiológicas, seguramente le concedía un gran prestigio.

El anciano hizo una reverencia al Gran Preste —gesto que nosotros nos apresuramos a imitar— y nos hizo salir del despacho. Una vez bajada la escalera, pudimos comprobar que Jalam Batumec caminaba a pequeños pasitos muy rápidos, casi de puntillas, sin apenas inclinar el cuerpo ni mover los brazos. Definitivamente, aquello era un espectáculo inimitable y yo empezaba a divertirme. Mi padre, por supuesto, también; no sé si he dicho ya que tiene algunos detalles infantiles, como el no poder disimular la hilaridad cuando algo le parece gracioso, y yo me di cuenta de que, desde la entrada del viejo fenómeno con sus orejas azules en el despacho, no había parado de hacer descomunales esfuerzos por aguantar la risa. Mientras avanzábamos yo le miraba de reojo y observaba cómo su rostro iba adquiriendo una variada gama de colores y formas: púrpura con los ojos cerrados, gris con los carrillos llenos de aire, blanco con la boca abierta a manera de bostezo, etc.

Salimos por la entrada más ancha de la galería, la que daba al este, y al lado del muro de los almacenes llegamos al mismo lugar de la muralla que anteriormente habíamos visitado. Jalam Batumec subió la escalera con milagrosa habilidad y desde las alturas oteamos el paisaje.

—Decidme, hermanos, ¿qué veis? —dijo el viejo, señalando hacia el frente con una mano sarmentosa.

Mi padre, inevitablemente, comenzó a reír. Por fortuna, lo hacía despacio, sin grandes carcajadas, sin apenas ruido, con los ojos cerrados en medio de pequeñas convulsiones.

—Veo un horizonte de felicidad en el amor de Saco Parel y por eso río, honorable maestro, ji, ji, una risa de gozo y confianza alegre en el porvenir, ji, ji, ji.

Era natural que se le hubiera pegado algo de mí, y he de reconocer que en aquella circunstancia improvisó de maravilla. Jalam Batumec le miró con sus ojillos húmedos, un tanto extrañado, y luego traspasó su mirada a mí, que a la sazón pensaba con todas mis fuerzas en la muerte para evitar reírme (es un sistema que casi siempre da resultado). Manteniéndome, pues, muy serio, y aun a riesgo de irritar al anciano, decidí contestar con una pregunta:

—¿Qué debo ver? —dije, poniendo carita de subnormal.

Jalam Batumec suspiró y se encogió levemente de hombros. Debió de pensar que con nosotros dos le había tocado la lotería, como vulgarmente se dice, pero su provecta edad le proporcionaba grandes dosis de paciencia; hizo de tripas corazón y exclamó con su vocecilla gangosa:

—A no ser, amados míos, que vuestros ojos sean

distintos de los del resto de los humanos, a los que el Saltarín protege, lo que deberíais ver es el campo.

En efecto, veíamos el campo en aquella espléndida mañana otoñal. Al norte, los verdes huertos en los que varios miembros de la secta trabajaban; al este, más allá de los dos imponentes torreones de la muralla, las lejanas colinas azules; abajo, el foso, que recuperaba su condición de riachuelo unos cuantos metros más allá; y a nuestras espaldas, el risco enorme, que por cierto estaba mucho más cerca de la abadía de lo que la noche anterior yo había calculado. Por encima de nuestras cabezas, muy arriba, tres cuervos pasaban.

## 6

## *La leyenda de Saco Parel y expoliación de mi pato de goma*

Un paisaje, ciertamente —continuó el viejo de las orejas azules—, bien distinto del que eligió Saco Parel para sembrar sus cinco símbolos.

Y a continuación pasó a contarnos la leyenda del dios Saltarín, que me permito resumir para no resultar pesado (y Jalam Batumec resultó, créaseme, algo plúmbeo):

> Cuando el día y la noche aún no se diferenciaban, el espíritu del Tiempo quiso saber cuán grande era su poderío, y se unió a la Tierra, de cuyo matrimonio nacieron el Bien, el Mal y los hombres inmortales.
>
> En aquella época, el Bien, el Mal y los hombres inmortales eran buenos hermanos, porque el espíritu del Tiempo no se movía; pero cuando éste comprendió al fin que tanto daba para él ser fuerte o débil, pues era infinito, comenzó a rodar, y entonces el Mal se llamó Xuan, el Bien Rom, y los hombres se convirtieron en mortales, por lo que tanto Xuan como Rom, sus primitivos hermanos, pasaron a ser sus tutores, y ellos movían a unos hombres hacia el bien o hacia el mal, y su padre, el Tiempo, siempre

hacia la muerte. De esta manera, los hombres no eran libres, pues dependían exclusivamente del empuje de alguna de las fuerzas. Hasta que uno de ellos se rebeló contra esta situación, y retó primero al Mal, luego al Bien, y más tarde al Tiempo, para conseguir la libertad de elección a todos los humanos.

El Mal se rió de él y, para vencerlo, le nombró rey del pueblo de los hombres, y puso todo el poder y la riqueza a su disposición. Pero el hombre no se dejó confundir y fue un buen gobernante durante muchos años, y se rodeó de consejeros sabios y honrados y consiguió la prosperidad y la alegría de todo su pueblo. Y el Mal aceptó su derrota y se retiró refunfuñando.

Acto seguido, el hombre se plantó ante el Bien, y el Bien se rió de él y, para vencerlo, pensó que, pues había demostrado ser un hombre bueno, todo debía seguir como estaba. El Bien pensaba que tenía la victoria segura, pues el hombre había sido bondadoso hasta entonces; pero el hombre no se dejó confundir, y a partir de ese momento se convirtió en un tirano sanguinario, despidió a sus antiguos consejeros y se rodeó de compinches violentos, y en muy poco tiempo arruinaron a su pueblo y se quedaron con todo, y mataron a quienes les vino en gana. Y el Bien aceptó su derrota y se retiró refunfuñando.

Acto seguido, el hombre que ya había derrotado al Mal y al Bien se plantó ante el Tiempo. El Tiempo se rió de él, como los otros, y se cruzó de brazos. El hombre permaneció ante él, desafiante, años y años, y como el Tiempo no parecía hacer nada, salvo reírse y estar con los brazos cruzados, el hombre pensó que había vencido y, satisfecho, quiso dar la vuelta y regresar junto a su pueblo, libre por fin del Bien, del Mal y del Tiempo; pero cuando se movió sintió que todos los huesos le dolían, y apenas tenía fuerzas. Entonces se aproximó a un estanque, y allí se miró en el agua tranquila: habían pasado tantos años que se había convertido en un viejo a punto de morir, y por lo tanto el Tiempo, sin hacer nada, le había derrotado.

El hombre se disponía a reconocer su derrota y morirse refunfuñando, cuando el Tiempo, que estaba algo cansado y quería dormir un par de millones de siglos, le dijo bostezando: «Te he vencido, humano, y por tanto todos los hombres seguirán naciendo para luego, antes o después, morir. Pero, como has demostrado poder reírte del Bien y del Mal, a partir de ahora tus congéneres son libres para elegir, porque a mí me da igual. Métete en el interior de ese tronco seco, y sal cuando te apetezca. Entonces ya no serás mortal; serás el dios de los hombres, como hasta ahora fuiste su rey, por gracia del Mal y el Bien. Te llamarás Saco Parel y tendrás una sola pierna, para que mientras duermo no se te ocurra correr para ponerte delante de mí otra vez y sorprender mi sueño. También te daré una pipa que nunca se acaba, porque sé lo que son estas cosas y, a veces, uno se aburre. Y como hoy me siento generoso, tendrás un gorro de mimbre que te libre de la lluvia de los milenios.»

Y, dicho esto, el Tiempo se escondió en el centro de la tierra y comenzó su siesta. Y desde entonces Saco Parel, el Saltarín, está con los hombres, y el Bien y el Mal no pueden derrotarle.

En el amor hay bien y hay mal, pero sólo el amor es eterno como el Tiempo, y por eso Saco Parel ama, y hace amar, por encima del bien y del mal, hasta que el Tiempo despierte de su letargo, y entonces todo será distinto, pues entre el Tiempo y Saco Parel dispondrán.

Tal era la leyenda del dios Saco Parel, que así resumida por mi hábil pluma puede resultar incluso bonita, pero en boca de nuestro preceptor fue, repito, harto pesada o, como diría mi padre en su jerga impresentable, un coñazo. Añádase a todo lo arriba expuesto que el Tiempo era Orimba, además de los ya nombrados Xuan y Rom, y que Saco Parel, en un dialecto muy raro cuyo origen ya no recuerdo, significaba El-Hombre-Que-Ama-Desde-El-Tiempo, y se tendrá una idea cabal de aquella explicación del nacimiento del universo o cosmogonía de andar por casa.

A partir de esa base mágica y mitológica, aseguraba Jalam Batumec muy convencido que todo era estrictamente histórico y ligero de contar (por fortuna), hasta la aparición del venerable Iluminado, esto es, el bueno de Rafale Ginoto, que a partir de ese momento monopolizaba la narración.

Pero en esto sonó una sirena, y el de las azules orejas nos comunicó que, puesto que había llegado el mediodía, era hora de almorzar, lo cual me pareció muy bien porque, aunque no soy persona dada a la glotonería —mi estilizada figura lo demuestra: no tengo ni un gramo de grasa—, sí sentía algo de apetito, pues no habíamos desayunado y, además, tenía hambre acumulada del día anterior, tan irregular en todos los aspectos.

Mientras nos dirigíamos al refectorio rodeando el templo en ruinas, vimos a bastantes miembros de la secta, novicios e iniciados, salir del barracón nuevo con destino al claustro; del mismo modo, una docena de fieles del Saltarín llegaban a buen paso desde los huertos, cruzando por el viejo y robusto puente al sur del foso. Una vez en el claustro, todos, incluidos los que salían de distintas dependencias del edificio principal, formaron una hilera de tres a lo ancho y adoptaron la posición de firmes —aunque sin excesiva rigidez— en absoluto silencio, a la espera de yo no sabía qué.

Jalam Batumec nos indicó que formáramos también nosotros, y así lo hicimos. En seguida surgió del edificio el Gran Preste, no hace falta decir que muy risueño, seguido por dos musculosos iniciados y Efraín, y dijo en voz bien alta que retumbó con ecos muy sugestivos por entre aquellas viejas piedras:

—¿Saco Parel nos ama?

A lo que aquella tropa respondió:

—¡Con cinco formas iguales por encima del bien y del mal!

—¿Y le amamos?

—¡En sus cinco existencias que son una, a lo largo y ancho del mundo!

—¿Cuál es nuestra recompensa?

—¡Somos libres en su amor!

Vociferado todo lo cual, el Gran Preste dio una palmada y se rompieron filas, eso sí muy tranquila y ordenadamente, y todos nos introdujimos en el comedor. En días sucesivos supe que aquella especie de ceremonia de autoafirmación se repetía sin cambios de manera cotidiana.

De un primer vistazo deduje que aquel comedor era el refectorio original de la abadía; se trataba de una amplia estancia alargada, con las paredes recién enyesadas y pintadas (de una de las cuales, por supuesto, colgaba un gran retrato de Rafale Ginoto), y muchas mesas de cuatro plazas cada una repartidas ordenadamente con sus respectivas sillas, al contrario de los refectorios clásicos, que suelen estar amueblados por una gran mesa alargada, con bancos corridos y sin respaldo. Por su aspecto, aquélla era una de las edificaciones que se habían reconstruido con mayor esmero.

El menú consistía en sopa vegetal y un par de rodajas de lomo de cerdo con patatas fritas, pan y agua.

Aunque no mal preparado, me pareció escaso y me quedé con hambre, lo cual repercutió en mi ánimo con un mal humor que fue creciendo y que no mucho después, de no ser por mi elevado autocontrol, tal vez podría haber dado al traste con los planes de mi padre, como a su tiempo se verá. Eso sí, me tranquilicé en cierto modo al comprobar que aquellos seguidores del que salta y ama y patatín patatán, flai, flai —como diría mi padre—, no eran vegetarianos: ya me estaba haciendo una idea concreta de sus majaderías, y añadir a eso un régimen alimenticio de hortalizas y legumbres se me habría vuelto decididamente insoportable.

A nuestra mesa —ya he señalado que en cada una de ellas se acomodaban cuatro personas— estábamos sentados Jalam Batumec, que comía moviendo casi imperceptiblemente sus fantásticas orejas, mi padre, yo y otro sujeto de veinte y pocos años, con la cabeza desnuda —señal de que era novicio como nosotros—, y que no apartó la mirada del plato durante toda la comida.

Yo sí lo hice, si bien con la mayor discreción posible, y observé a los comensales, que daban buena cuenta de su almuerzo en medio de un absoluto silencio. Eran unos sesenta, muy variados, aunque abundaban los individuos jóvenes, de alrededor de veinte años, tanto hombres como mujeres, y si bien la uniformidad en el aspecto era lo que primaba, no faltaban aquellos de aspectos extravagantes, parecidos a los que habían vendido a mi padre las famosas revistillas origen de toda aquella aventura en la que estábamos metidos. Por ejemplo, uno de ellos llevaba una disposición de cabello estilo último mohicano en la mejor tradición punk; otro se dejaba una barba modelo Saladino terminada en dos vistosas puntas —barba que, por cierto, se ponía perdida con la sopa—; e incluso alguno había, de uno y otro sexo, que se adornaba con maquillajes muy variopintos. Yo tampoco debía de estar mal, con mi cabeza pelada cual pelota de baloncesto, pero nadie me observaba: todos miraban a sus platos, comían y callaban.

Un detalle me gustó, y era que los iniciados, distinguibles fácilmente, ya se sabe, por sus negros turbantes, se sentaban con los novicios de cabezas desnudas sin que pareciera haber ningún tipo de jerarquía o discriminación.

En una de las mesas reconocí al cojo que nos había recibido la noche anterior, y en otra a Efraín. Por último, mis ojos fueron a encontrarse con los del Gran Preste, que sorbía su sopa —¡gran prodigio!— sin dejar de sonreír, y como me pareció notar en su mirada cierto aire de cordial reprobación por andar husmeando entre el personal, decidí concentrarme en mi escaso alimento, y ya no observé más.

Finalizado el frugal almuerzo con una minúscula pera de postre, nos levantamos, fuimos al claustro, donde formamos como antes y, esta vez sin frases, a una palmada del Gran Preste rompimos filas y todos volvieron a su quehacer. Jalam Batumec nos indicó que permaneciéramos en nuestras celdas hasta que fueran a buscarnos, y así lo hicimos.

No bien llegué a mi habitáculo, me llevé un gran disgusto, que vino a unirse a la irritación por la escasa comida: mi equipaje había sido evidentemente registrado durante mi ausencia, y en él eché en falta mi bolígrafo, un cuaderno nuevo que había llevado para anotar cuanto de notable pudiera sucedernos, el libro de poemas de Valéry, y, lo que era más grave, había desaparecido mi pato de goma.

Ojo, que nadie se llame a engaño: se trataba de una simple mascota por la que sentía una especial simpatía, nada más. Todo el mundo puede tener una mascota inanimada, desde un caballito de mar hasta la calavera de una cabra, por ejemplo. Si no he hablado hasta aquí de mi pato de goma es porque no venía a cuento. No se trataba de un juguete ni nada parecido. Repito por última vez: era sólo una mascota.

Pues bien, aquellos miserables fantoches me la habían expoliado. Así, por las buenas. ¿Qué daño les hacía? ¿Qué nefasta influencia pensaban que podría ejercer sobre mí? ¡Era mi pato de goma desde que yo tenía uso de razón! Monté en cólera y me senté sobre la cama a un tiempo, farfullando maldiciones contra aquellos payasos fanáticos —a los que mi padre, a buen seguro, podría llamar comemierdas— y planeando mi justa venganza. Entonces más que nunca me interesaba robarles su idolillo: así estaríamos empatados. Por lo tanto, deseché cualquier tipo de reclamación ante el Gran Preste, aunque, eso sí, si me tiraba de la lengua le diría un par de cosas con mucha suavidad.

Esperé durante un cuarto de hora, y al fin vinieron a buscarnos. Fue Efraín, que parecía ser el amo de llaves o algo por el estilo, quien abrió las puertas de las dos celdas y mi padre y yo le seguimos al despacho del Gran Preste. Una vez allí, tomamos asiento y el señor de la gran sonrisa habló:

—Espero que vuestro contacto con Jalam Batumec haya sido placentero e instructivo, amados hermanos, igual que vuestro primer almuerzo en la casa del que ama como cinco y es uno solo y salta. Habréis notado, igualmente, que vuestras pertenencias han sido inspeccionadas...

—Ah, vaya —exclamó mi padre, dándose una palmada en las rodillas—, con razón echaba yo en falta mi baraja...

Mi progenitor acostumbra hacer solitarios para relajarse, pero como casi nunca le salen se pone nerviosísimo. Más de una vez le he sorprendido haciéndose trampas, aunque él lo niega, indignado.

—Y yo —dije— mis papeles y cierto muñeco de goma que es un recuerdo de mi desaparecida madre.

La sonrisa del Gran Preste no se alteró.

—Amados hermanos —exclamó, con cierto deje de reproche—, acabáis de llegar y aún no comprendéis: ningún objeto, ningún juego, debe apartar vuestra mente de las enseñanzas que habéis empezado a recibir, en el amor sobrenatural de Saco Parel.

—De ningún modo deseo que cometa el error, reverendo Preste —aduje yo de inmediato—, de pensar que yo utilizaba mi pato de goma para jugar. Pensé que había quedado claro que no soy un crío.

—Precisamente, precisamente: da igual juguete que mascota u objeto por el que sintáis particular apego. Nada debéis querer sino el amor del que salta y os ama por encima del bien y del mal.

—Eso es. De acuerdo —se apresuró a asentir el autor de mi días. Yo me reía por dentro. Naturalmente, además del dinero del rescate por el ídolo, pediríamos mi pato de goma. Pues no faltaba más.

—Bien —dijo el Gran Preste—; una vez solventado este pequeño asunto, debemos hablar de vuestro trabajo.

Miré de soslayo a mi padre y vi cómo empalidecía un poco. De todos es sabido que un ladrón que se precie siente un aborrecimiento irresistible por el trabajo. (Claro que no hace falta ser ladrón para sentir eso, según tengo entendido.)

—Las posibilidades —continuó el otro— son varias, pero no demasiadas. Todos los puestos de lavandería, cocina y otros servicios están debidamente cubiertos; la limpieza es una tarea que se reparte entre todos, incluida la de los gallineros, y la imprenta sólo funciona ocasionalmente, de modo que nos queda la huerta y el taller... Oh, y nuestro pastor está a punto de dejarnos para ir al mundo a hacer proselitismo y conseguir nuevos miembros a nuestro amoroso rebaño...

—Nunca mejor dicho —comenté, pero el Gran Preste no se percató de mi fino sentido del humor.

—...Su puesto queda libre, pues.

—Me lo quedo —dije. Si hacía el trabajo de pastor, tendría que salir del recinto y podría estar diariamente unas horas alejado de aquellos tipos. Me interesaba.

Mi padre lo pensó mucho, mucho, y al final optó por el taller, aun cuando el Gran Preste no especificó qué tipo de taller era aquél.

Y así nos integramos por completo en aquella secta extravagante. ¿Con qué consecuencias? De momento, yo había perdido mi pato de goma. Y lo peor estaba por venir.

# 7

## *Otras novedades. Un mensaje*

El resto de la tarde, hasta que comenzó a oscurecer, lo empleamos en tomar contacto con nuestras nuevas ocupaciones. Mi padre fue acompañado por Jalam Batumec al barracón nuevo —junto al cual el generador zumbaba débilmente, por lo que deduje que sólo era empleado, y a muy baja potencia, en las máquinas del taller—, y yo, acompañado del negro cojo, me dirigí, atravesando los restos de muralla de la zona sur de la abadía, hacia las primeras estribaciones del risco. Mi guía habló poco, siguiendo una de las reglas de la secta, y avanzaba muy ágilmente con su muleta por entre las rocas y los desniveles. Sus dos ojos redondos parecían tanto más grandes cuanto que su cuerpo, como había visto la noche anterior, era bajo y esmirriado hasta el ridículo. Su voz tenía un acento muy parecido al de Jalam Batumec; sin duda ambos eran miembros fundadores de la secta en el país, procedentes de Aruba.

Anduvimos durante unos quince minutos y, por fin, encaramadas a unos peñascos, vimos una docena de cabras que zascandileaban entre los canchales con su legendario equilibrio. Las cuidaba un joven de veintitantos años, vestido de blanco como todos, con el turbante de los iniciados, que nos recibió con alborozo. Según dijo, con una mirada de auténtico iluminado, hacía algún tiempo que esperaba la llegada de nuevos miembros a la familia de Saco Parel (el que ama, etc.) para tener un sustituto y poder salir al mundo a buscar otros hijos del Saltarín.

El trabajo no podía ser más sencillo: había que vigilar a las cabras para que no se dispersaran, ordeñarlas —me enseñó a hacerlo, y mi gran retentiva ayudó mucho a mi inmediato aprendizaje—, trasladar la leche desde el cubo hasta unos recipientes metálicos, y aguardar la llegada de dos hermanos que se los llevarían hasta la abadía. Por último, media hora antes de la puesta de sol debía conducir a los animales hasta los establos, de donde los recogería al amanecer para regresar a los peñascos. La comida me sería proporcionada en la cocina cada mañana, y cenaría con el resto de los hermanos, una vez encerrados los animales. Perfecto.

Consideré el trabajo muy poco pesado, aunque lamenté no disponer de lectura; pero, al menos, podría abismarme en mis meditaciones. Una sola advertencia me hizo el pastor, que me dio qué pensar, y fue que, por lo visto, entre aquellos riscales había un duende.

—El Gran Preste no lo quiere creer, porque no lo ha visto —continuó el pastor—, pero yo sé que está por ahí. Es invisible y tira piedras. Si te ataca, baila culamba en nombre de Xuan y de Rom y puede que te deje en paz. A veces funciona. También aparece de vez en cuando otro pastor, con cinco o seis cabras. No es problema: es subnormal y se mantiene a distancia.

Con independencia de que yo no tenía aún la menor idea de bailar culamba en nombre de nadie, el dato, como digo, me llamó mucho la atención, y añadió una nueva noticia a mis conocimientos de la secta: algunos de ellos creían en duendes. Puedo asegurar que no me extrañó en absoluto.

En fin, con éstas y algunas otras cosas la tarde fue cayendo, y, llegado el momento, emprendimos el regreso a la abadía. Devueltas las cabras a sus corrales, en las ruinas de los viejos establos, muy cerca de las gallinas, atravesamos la explanada, y en la breve travesía yo me deleité con la espléndida puesta de sol que, más allá de las murallas que daban al foso, tenía lugar. Aquel cielo rojizo, surcado por unas nubecillas que reflejaban el crepúsculo en sus panzas, removió mi espíritu poético de forma singular. Pensé que por espectáculos como aquél valía la pena meterse en líos; pero en seguida me acordé de mi pato de goma, y el malhumor volvió a dominarme.

Llegamos al claustro, donde el pastor se separó de nosotros, y el cojo me llevó a un rincón, donde estaban Jalam Batumec y mi padre sentados en el suelo, contra la pared. Me acomodé junto a ellos y observé que en tres de los lados del claustro —el cuarto estaba abierto hacia el oeste y carecía de muro— otros novicios estaban como nosotros, sentados sobre las grandes losas de granito, esperando en silencio, mientras el resto iba llegando de las dependencias, el huerto y el taller. Sólo tres o cuatro iniciados, además del anciano Batumec, estaban por entre los cada vez más sombríos arcos.

Por último, después de que uno de los iniciados contase a los presentes, todos los novicios se situaron frente a las paredes sentados con las piernas cruzadas y las manos unidas por las palmas. Nuestro preceptor hizo lo propio, y nos dijo que le imitáramos y mantuviéramos los ojos cerrados y la mente abierta. A pesar de su edad, se mantenía ágil y la incómoda postura no parecía molestarle. Entonces comenzó una especie de salmodia por parte de los iniciados, y en un momento nos vimos todos repitiendo las mismas frases rituales, del tipo ya conocido, y que se basaban en los inamovibles dogmas de aquella gente: Saco Parel por cinco, entre cinco, reunido en uno, amar y ser amado, por encima del bien y del mal, en las cinco partes del mundo, la libertad en el sometimiento al amor y otras variantes, reiteradas hasta el aburrimiento absoluto, que a mí me hizo abstraerme de aquella pantomima, sin dejar de mover la boca, para pensar en cosas más amenas, como el expresionismo abstracto de Jackson Pollock (famoso pintor estadounidense), o las óperas de Luciano Berio (que, de paso sea dicho, sólo conozco en cintas, ¡pero qué bueno!).

También mi padre, llegado el momento, optó por evadirse de aquel hastío, si bien a su manera, y así, cuando había que repetir «tú que amas por cinco, Saco Parel», él decía «huy qué ganas orino en la pared»; y en lugar de «por encima del bien y del mal Saltarín», él oraba «carabina fetén disparad al bombín»; o bien sustituía «somos libres en su amor» por «cubalibre al por mayor», y así hasta que le entró la risa y tuvo que simular un espantoso ataque de tos, repuesto del cual siguió con el jueguecito, hasta el punto de que tuve miedo de que Jalam Batumec se percatara de ello —si su sentido auditivo era proporcional al tamaño de sus orejas, era inevitable—. Pero, por fortuna, el anciano estaba muy metido en sí mismo y no se dio cuenta.

En eso nos entretuvimos, aunque parezca increíble, más de media hora, pasada la cual nos dijeron que nos relajáramos y respiráramos profundamente, y así pasó otro buen rato hasta que se hizo de noche.

Mis pobres piernas, en aquella postura oriental y absurda, estaban acalambradas —a pesar de la elasticidad de mis tejidos—, pero había que aguantar. Por fin empezaron a hablar de Rafale Ginoto y nos permitieron (¡bendito el Saltarín!) dar la vuelta y apoyarnos contra la pared.

Y entonces, recuperado un mínimo de comodidad y en medio de las tinieblas de la noche recién llegada, caí en un sopor que me impidió asimilar aquella primera charla sobre las bondades del Iluminado, y sólo desperté bastante después, cuando mi padre me dio un codazo, colocó imperceptiblemente en mi mano un papelito arrugado y todos nos levantamos para dirigirnos de inmediato al refectorio, donde los cocineros nos sirvieron tortillas, puré de patata y un tazón de leche con pan. Las tortillas eran, algo es algo, de chorizo, y el puré, aunque abundante, estaba algo soso; la leche de mis futuras cabras, sin embargo, me pareció muy buena, y me felicité de haber elegido el oficio de pastor: al menos, leche no me iba a faltar, y bien fresca.

Por mi reloj faltaban diez minutos para las nueve, cuando el Gran Preste dio una palmada, y los novicios nos dirigimos directamente a nuestra galería en el edificio principal, mientras los iniciados desfilaban hacia sus dependencias, adosadas al ala este del claustro. Una vez que todos los novicios estuvimos en nuestras respectivas celdas, Efraín, acompañado de otros dos hermanos de turbante negro, fue deseando felices sueños en el amor del que ama y salta y bla, bla, bla, y luego cerró una por una todas las puertas. Según tengo entendido, algo semejante ocurre en las cárceles.

En fin, me senté sobre la cama, desplegué el bultito de papel que mi padre me había tan sigilosamente entregado, y a la luz incierta de mi vela comprobé que era una cuartilla escrita a lápiz, cuyo encabezamiento decía, con la letra de muchacho aplicado que caracteriza a mi progenitor:

> INFORME N.º 1 (Destruir una vez leído, sistema comérselo. Quemado deja pavesas. ¡PRECAUCIÓN!)

No sé si he dicho antes que a mi padre le encantan los tebeos (sobre todo los de un tal Corto Maltés, creo), la literatura de quiosco, las películas de espías y todo lo demás. Si a eso añadimos que a veces es un poco fantasma, a nadie deberá extrañar dicho encabezamiento, ni lo que a continuación venía:

> Escrito tres de la tarde. Grandes esfuerzos para robar papel y lápiz alrededores trastos de imprenta. Orejotas Azules no me quita vista, paliza constante Saco Parel, plasta. Por fin se larga, escribo esto. Barracón taller fábrica maquetas de barcos antiguos. Construcción en cadena. Trabajamos 25 más-menos. Estas maquetas valen dineral calle. Cálculo rápido millones al mes. Ampliaré. Imprenta fondo barracón, ahora inactiva. Generador al mínimo, creo, para ahorrar. Espalda rota, la mía. Trabajar maldición bíblica. Yo hago trabajo sencillo aprendiz, pero duro. Fundamental buscar noticias localización ídolo. Yo ni zorra. Sospecho iglesia abandonada o cripta. Cuidado con cabras: animales raros. Escuché voces y tam-tam. Fin. Comer informe. ¡PRECAUCION! Estoy de Saco Parel hasta los...

En esa palabra acababa el *Informe n.º 1* del autor de mis días: seguramente Jalam Batumec o algún otro volvió a acercarse a él y tuvo que interrumpir la redacción. (De todas formas, conociendo como conozco el léxico de mi progenitor, me imagino bien lo que seguía.)

Todas aquellas noticias eran muy interesantes, por supuesto, pero preferí aguardar a esos «Ampliaré» para extraer algún atisbo de conclusión. Por el momento, lo importante era hacer desaparecer aquel papel comprometedor; y la verdad era que, aunque no dejaba de considerarlo ridículo, la única manera absolutamente segura de deshacerme de él era comérmelo... Así que lo mastiqué con paciencia y luego lo tragué, consolándome con la idea de que, con la leche de mis cabras y las notas de mi padre, tenía asegurado un complemento proteínico nada despreciable.

Me dormí en seguida, a pesar de la sequedad de gaznate que me había dejado tan poco jugoso aperitivo; pero a media noche me despertó el conocido y lejano rumor de gritos y el tam-tam. Sin embargo, tenía mucho sueño atrasado, así que me tapé los oídos, volví a dormirme, y mi primera ensoñación fue muy agradable: estaba en la biblioteca del colegio y leía un ensayo sobre literatura española del siglo XVIII.

# 8

## *Jornada laboral*

Dos cosas me parecían detestables a la mañana siguiente: el agua fría de las duchas y la ausencia total de desayuno. Pero, como reza el conocido dicho, el que algo quiere algo le cuesta, así que soporté aquellas circunstancias lo mejor que pude y, apenas mirando a mi padre para hacerle así saber que todo iba bien, me aparté de todos los novicios e iniciados que se dirigían a sus tareas y fui a la cocina a por mi tartera y una cantimplora. Luego, cruzando la explanada, llegué a los establos, cogí un cubo y dos grandes vasijas metálicas y saqué a las cabras.

Parecían unos animales inteligentes, porque en cuanto salieron tomaron el camino del risco sin que fuera necesaria ninguna sugerencia al respecto por mi parte. Todas las cabras eran exactamente iguales, marrones y con cuernos, y, aunque me precio de ser un excelente fisonomista, jamás llegué a distinguir a una de las demás en todo el tiempo que allí estuve.

Hacía algo de fresco, pero el cielo, como el día anterior, estaba despejado. Aún quedaban abundantes charcos, restos de la lluvia que nos había recibido, y el aire estaba tan limpio que infundía auténtico optimismo. El risco era gris y escarpado, y alrededor de su cima, en la lejanía, una gran cantidad de pájaros hacían sus vuelos mañaneros en medio de un estrépito de voces y graznidos.

Después de un agradable paseo, yo y mis animales llegamos a unas peñas donde me pareció apropiado detenerme, pues muy cerca surgía un manantial del que las cabras podrían beber a su capricho. Eso sí, antes que nada elegí una al azar, la ordeñé un poco, lo suficiente para llenar mi vaso de latón, y desayuné como un señor. Así que aquello era la Naturaleza. Francamente, me sentí muy a gusto; troté un poco entre las rocas vigilando mi rebañito y, cuando el sol estuvo algo más alto en el cielo, elegí un lugar seco y recogido bajo un pequeño árbol y me dispuse a echar una siesta que me resarciera del madrugón. Como se ve, me estaba organizando pero que muy bien.

Y en eso andaba, ajeno a toda preocupación, cuando una piedrecita cayó sobre mi pecho y desperté sobresaltado. Me incorporé, confuso, y miré a todas partes para descubrir al agresor, pero no vi a nadie. Las cabras estaban desperdigadas aquí y allá, comiendo cualquier cosa vegetal que encontraban a su paso. Pensé que, dado que la piedra había caído de arriba, acaso habría sido desprendida por uno de los animales que triscaba, algo por encima de mi cabeza, en equilibrio sobre una gran roca, y no le di mayor importancia al asunto.

Para no aburrirme demasiado, traté de hacer conjeturas sobre dónde podría estar el ídolo. Cabían muchas posibilidades, por supuesto. Según lo poco que había podido observar hasta ese momento, el ala norte del edificio principal, que daba al foso, estaba inutilizada en su parte inferior. Debajo del propio edificio era casi seguro que habría sótanos. Por otro lado, estaba el edificio de la parte este del claustro, reservado a los iniciados. Y por último, aparte de los dos torreones, que no tenían aspecto de ser habitables, restaba la iglesia en ruinas, lugar estrictamente prohibido a los novicios, y que, aparte de sus naves, debía de contar con una cripta o algo parecido. Los ruidos del tam-tam y las voces tenían por fuerza que provenir del lugar donde aquellos individuos celebraban sus ritos extravagantes, y era allí donde, casi sin duda, había de encontrarse el famoso ídolo. Ahora bien, teniendo en cuenta lo lejanos que me habían llegado aquellos inquietantes sonidos, me inclinaba por la misma suposición de mi padre: el altar de Saco Parel debía estar en las ruinas del templo o, casi más factiblemente, en un lugar subterráneo bajo él. Era, pues, imprescindible lograr el acceso al templo del modo que fuera, y luego a la cripta. Eso no me parecía tan complicado como la huida: estaba convencido de que los fieles del Saltarín no eran tan tontos como mi padre pensaba, y, lo que era peor, tan amorosos y pacíficos como sus doctrinas pretendían. Desde el día anterior no había olvidado lo que Jalam Batumec nos contó, y ese amor *por encima del mal y del bien* no dejaba de inquietarme. Llegados a un extremo, ¿qué serían capaces de hacer aquellos iluminados en defensa de sus creencias?

Llegó la hora de ordeñar a las cabras y llevé a cabo el trabajo con gran habilidad, lo cual me satisfizo sobremanera, pues no hacía sino demostrar que, además de las actividades meramente intelectuales, también estoy muy bien dotado para las labores más primarias. He de añadir que la docilidad y buena educación de aquellos animales me ayudó mucho. Empezaba a cogerles cierta simpatía, y ellas se habían adaptado a su nuevo pastor con facilidad digna de agradecimiento. De manera que, en ese aspecto, a pesar de la desconfianza de mi padre (¿de dónde habría sacado lo de que las cabras son *animales raros*?), todo iba a la perfección.

Puntualmente, a eso de las once, llegaron dos hermanos a por la leche. Uno de ellos era negro —los miembros de ese color en la secta eran unos doce, todos iniciados—, de gesto afable, y no abrió la boca ni para saludar. Le acompañaba una joven de alrededor de dieciocho años, muy guapa, aunque la vestimenta no le favorecía, y aparentaba ser la muchacha más feliz del mundo. Bien es cierto que no tenía facilidad de palabra ni excesiva variedad de pensamientos. Cuando ambos estuvieron ante mí, ella dijo, con una espléndida sonrisa:

—Que el amor del que salta y ama nos rodee, hermano. Hoy es un día, no sé, pf, como muy bonito, ¿no?

A lo que yo respondí que sí, un día precioso, añadiendo mi nombre y preguntando por el de ellos.

—El es —dijo la chica— Mambo Balú, y es sordomudo, pero a pesar de esa dificultad es iniciado, pf, fíjate qué bonito. Yo soy Leonor, y dentro de poco me darán el turbante negro, fíjate, pf, eso es como maravilloso, ¿no?

Cada vez que decía pf se encogía de hombros y movía negativamente la cabeza como queriendo manifestar la grandeza de lo que sentía. Era un gesto de lo más tonto.

—Ojalá que con el tiempo yo también pueda ser iniciado del culto del que nos ama como cinco —dije, devoto.

—Oh, Silvestre —exclamó ella—, eso será estupendo, pf, será como maravilloso. Pero está prohibido hablar tanto.

Y cogieron los dos recipientes y regresaron a la abadía, no sin que antes Leonor me dijera que me amaba y que el amor de Saco Parel quedara conmigo. El que una chica tan guapa me dijera que me amaba tan de golpe me pareció, pf, espléndido; claro que había que entenderla. Melancólicamente, deduje que Leonor tenía sesos de mosquito.

Otra vez solo, anduve de un lado para otro hasta que llegó el mediodía y abrí mi tartera; devoré los dos escuetos bocadillos de embutido un poco indignado: ¿pretendía aquella gente matarme de hambre? Tuve ganas de recurrir a una de mis amigas para completar el menú, pero como ya estaban ordeñadas, consideré prudente refrenar mi apetito y bebí unos tragos de agua de la cantimplora. No me costó demasiado trabajo adivinar las causas de aquella infraalimentación: exhaustos los cuerpos por el trabajo y muy mal repuestas las energías con aquella dieta de supervivencia, las mentes se ablandaban, se adormecían los reflejos, y eso, en personas ya de por sí predispuestas a dejarse lavar el cerebro, debía de resultar muy útil para las torvas intenciones del Gran Preste, Efraín, Jalam Batumec y todos los demás secuaces, a sabiendas o no, de Rafale Ginoto.

Por cierto, no bien acababa de demostrar mi agudeza con esas reflexiones, vi venir a lo lejos las estrambóticas orejas de nuestro preceptor.

Tardó todavía un buen rato en llegar, con su paso como de puntillas, tieso y extravagante.

—Que Saco Parel nos bendiga con su amor, que es largo como el tiempo —dijo, mirándome por encima de sus estrechos anteojos.

No había duda: venía a enseñarme la excelsa verdad del Saltarín. Al principio traté de llevarlo a mi terreno, formulando alguna que otra pregunta, pero en seguida me hizo saber el anciano que las preguntas estaban prohibidas: la curiosidad era un pecado, y *sólo* lo que él me fuera enseñando en días sucesivos debía acaparar mi atención.

—No debes desear saber más de lo que nosotros deseamos que sepas —concluyó.

A medida que pasaba el tiempo, aquella gente me gustaba menos. En fin, puse cara de cachorro indefenso ávido de aprender y presté oídos a la vocecilla gangosa del anciano de las orejas azules.

¿Para qué repetir sus aburridísimas lecciones? De todo lo que aquel individuo me decía —y supuse que con mi padre haría otro tanto—, quedaba clara la naturaleza todopoderosa de Saco Parel —al que en un determinado momento nombró, para mi sorpresa, como «el dios duende»—, su capacidad para estar por encima del mal y del bien —sus antiguos hermanos—, y la ineludible necesidad de acudir a él en la bonanza y el infortunio, para delegar nuestra libertad salvaje, desconocedora del tiempo, y por tanto impía, en su amor múltiple e infinito, y ser así seres humanos mortales, hermanados felizmente con el que una vez osó desafiar a las fuerzas del mal, del bien y del tiempo para liberar a los hombres.

De todas formas, si Jalam Batumec estaba conmigo, pensé que mi padre tendría en el taller más tiempo para redactarme una nota algo más amplia que la de la noche anterior. Eso salíamos ganando.

Las horas pasaron arrastrándose, y vez hubo en que di gracias a la suerte cuando una de las cabras se alejaba más de la cuenta, pues eso me permitía huir de las parábolas de mi preceptor con el pretexto de ir a buscar al animal. En una de esas ocasiones, por cierto, al mirar casualmente hacia arriba, pude entrever fugazmente el movimiento de una sombra que en seguida desapareció tras una gran piedra, en lo alto de una pared de roca casi vertical, que se truncaba bruscamente y luego seguía ascendiendo hacia la cumbre del risco. Pensé que un cuervo anidaba tal vez al otro lado de la peña y eso era lo que yo había creído ver.

Y llegó el momento en que el sol comenzó a bajar hacia el oeste, y, cuando las sombras de nuestros cuerpos se alargaron sobre los altibajos de los peñascos, emprendimos el regreso a la abadía.

Una vez allí, se repitió punto por punto el ritual del crepúsculo anterior, finalizado el cual, ya casi a oscuras, mi padre se las arregló para pasarme una pelota de papel. Cenamos en el refectorio, bajo la luz mortecina de las lámparas de gas, un plato de judías verdes con patatas cocidas, leche y pan, y regresamos a nuestras celdas, donde Efraín, como siempre, nos encerró.

# 9

## *El duende*

Tal como yo había supuesto, mi padre había escrito bastante más que la víspera. Sus tres cuartillas escritas por ambas caras decían:

INFORME N.º 2

*Preámbulo.*—Jalam Batumec se ha esfumado, seguramente a darte unas lecciones de catecismo. Aprovecho la coyuntura, a más de que faeno en un extremo del barracón, bastante tapado, para explayar algunos puntos de mi informe pretérito de ayer.

*Punto A)* He llegado al convencimiento integral de que lo que aquí se lleva es esclavismo y servidumbre. Acoto y explico: tú sabes, y si no lo sabes me caigo del susto, que en las tiendas especialistas o especializadas de modelismo venden unas cajas con mogollón de piezas, materias diversas, instrucciones, croquis y dibujos, que se llaman kits, creo, que sirven para fabricar o construir una maqueta de barco antiguo, bergantín o galeón o bien goleta, etcétera, según los tipos, como es natural, que quedan fetén y los horteras del mundo los ponen encima del televisor, que es un lugar donde los horteras del mundo son capaces de poner a su misma madre disecada.

Me estoy enrollando malamente. Vale. Por regla general, el asunto es tan difícil y/o complicado, que los resultados definitivos concluyentes, si la cosa sale bien, es un producto artesanal elaborado que tiene tantas horas incalculables y laboriosas de trabajo que no tiene precio y por lo tanto no se puede vender porque habría que cobrar un dineral de escándalo y de qué. Tú ya me entiendes. Y si sale mal es una castaña que ni te cuento y dan ganas de meterle candela.

*Explicación punto A)* Yo eso lo sé por un viejo amigo, ladrón excelente aunque algo descuidado, que una vez lo trincaron y le cayeron unos años y trató de hacer más llevadera la condena construyendo estos chismes. El capitán Popeye, creo que le llamaban en el maco. Y le salían todos tan mal y se deprimió tanto que terminó fugándose cuando le quedaban dos meses por cumplir, imagínate si estaba el hombre hecho polvo. Me estoy enrollando otra vez.

*Punto A otra vez bis)* Pues bueno, aquí todo eso no es problema, porque se trabaja en serie o en cadena. O sea, que una vez elegido el modelo, se reparte el trabajo entre todos los del taller, y uno hace el palo de delante, que me parece que se llama mesana, y otro la cosa de la barriga del barco, o sea el casco, y otro, pongamos por caso, el palo mayor, que como su nombre propio indica es el más grande, así hasta los más hábiles o mañosos, que ésos hacen las cuerdas que hay por todas partes y se llaman jarcias de aquí y de allá, y hay otras que se llamas estays y otras obenques, pero no sé qué son, porque llevo sólo un par de días y ya me contarás. Total que los barcos van saliendo como churros y, así como te digo, aquí quién más quién menos sabe de qué va la historia y he visto muchos barquitos ya acabados que son chachis, te lo juro, ni los del museo naval, que no sé si te acordarás que una vez te llevamos de pequeñito yo y una señora de cuyo nombre paso de acordarme.

*Punto B)* ¿Y qué ocurre entonces, te preguntas? Pues elemental, mi querido guanson, que como aquí no cobra nadie ni un varé, porque todo el mundo faena por amor al Saltarín, o séase por la cara, lo mismo da ocho que ochenta, es decir, que si la mano de obra es gratis, el producto resulta baratísimo en relación con su calidad, ¿entiendes? Fijo. Así que esta gente, si tiene buena distribución, y seguro que sí la tiene, con estos barquitos gana mucho capital.

*Explicación punto B)* Imagínate un tendero de tienda de regalos y eso, ya sabes a lo que me refiero, que le llega uno de estos fantasmas y le dice que le deja cada barco en, pongamos, cinco talegos, y el tendero dice que le lleven cuarenta o cincuenta, porque sabe que los puede vender al triple o cuádruple o inclusive quíntuple, por lo menos, porque ya sabes que si los ladrones somos unos sinvergüenzas, por lo menos nos la jugamos con un par, mientras que los comerciantes roban con la bendición de las leyes y del Estado, y si lo quieres, lo tomas, y si no, lo dejas. Qué razón tenía Bakunin cuando dijo que la propiedad es un robo. ¿O no fue Bakunin? Ya no me enrollo más. Está claro, Silvestre, aquí se hace un pastón, y como éstos no cobran, repito, a ver, explícame adónde va, si aquí no nos dan de comer más que legumbres y tortillas y patata, mucha patata, y encima sin desayunar. Y la cena qué me cuentas, la cena es de risa, y luego las voces y el tam-tam. A lo que íbamos, que lo de los barcos para empezar no está nada mal; es limpio, no puede levantar sospechas, porque esto supongo que estará registrado como una cooperativa artesanal o algo así, y de este modo van preparando el terreno para empresas mayores, porque no creo yo que el lagarto de Ginoto se conforme con tan poco.

*Punto C)* Lo que yo no entiendo es que estos chavales vengan aquí como hemos venido nosotros, pero de verdad, a buscar la paz y el amor y la libertad y no sé cuántas cosas más. No lo entiendo.

*Situación personal)* A todo esto a mí me han puesto a afilar palos, que por lo visto hay que afilarlos para que queden bonitos, sobre todo el de delante, que como te digo me parece que se llama verga o algo parecido, y estoy con un torno pequeñito y con papel de lija que me están saliendo callos en las manos, qué vergüenza, hijo mío.

*Apéndice)* Otra cosa: el generador lo utilizan para las máquinas del taller, que son pequeñas, y para la imprenta cuando la usen. Se conoce que para la iluminación les sale más barato el butano, y sobre todo las velas, pandilla de rácanos. De un momento a otro va a venir uno de éstos del turbante a ver cómo voy con mis palos, que ya me van saliendo bien, porque al principio los dejaba que no servían ni para serrín, menudas broncas. Así que hasta el próximo informe.

*Epílogo)* Por cierto, supongo que no te comerías el informe número uno: quise introducir una nota de dramatismo humorístico o sarcástico o cachondo que espero que apreciaras, monstruo. Ya que no nos hacen registros corporales —por ahora—, tú sabes de sobra que lo mejor es que escondas estos mensajes entre las ropas y luego se los des de comer en el monte a las cabras. Las cabras son animales muy raros y se comen cualquier cosa. Hasta la próxima y tranquilo, éstos no sospechan nada. Yo creo que la cosa va a ser meternos en la cripta en cuanto podamos. Me parece que viene un moscón, así que voy a seguir afilando palos, de esos que son los trinquetes o algo así. FIN DEL INFORME N.º 2.

La lectura de tales noticias y comentarios me sumieron en un asunto contradictorio, a medio camino entre las sorpresa y la irritación. Lo de las maquetas de barcos no dejaba de ser ingenioso en efecto: ciertamente debía de dar dinero limpio y sencillo a la espera de más ambiciosas empresas. En cuanto a la broma del mensaje comestible, me indignó no tanto por mi ingenuidad —propiciada, tal vez, por cierto cansancio unido a un apetito no muy satisfecho— sino por la absoluta falta de seriedad que, una vez más, mi progenitor demostraba en circunstancias acaso más peligrosas de lo que él seguía empeñado en creer.

En cualquier caso, a la mañana siguiente las cabras estuvieron a punto de pelearse por las cuartillas; según pude observar, aquellos papeles les parecieron un bocado exquisito.

Repetí mis sencillas actividades, elegí como lugar de pastoreo el mismo del primer día, desayuné y me tumbé a dormir junto a unos arbustos. Pero no pude hacerlo; reflexionaba sobre la hora más propicia para tratar de forzar la cripta (aunque la existencia de tal cripta conteniendo la estatua de Saco Parel era una simple suposición), y pensaba que el robo debería llevarse a cabo un buen rato después de que cesaran las voces y el ruido del tam-tam, cuando una piedrecita cayó sobre mi pecho. Se repetía, pues, el incidente de la víspera, y esa extraña casualidad me convenció de que la piedra debía de haberla lanzado *alguien*. Recordé que mi antecesor me había advertido sobre la existencia de un duende invisible que tiraba piedras, y que debía bailar culamba en nombre de Xuan y de Rom para ahuyentarlo. Yo seguía sin saber bailar tal cosa, y no miento si afirmo que allí, en las estribaciones de un risco imponente y solitario, a un buen trecho de toda posible compañía en aquellos parajes, rodeado de mis cabras y en medio de un silencio muy raro para la gente de ciudad como yo, sentí una cierta inquietud. Repito: una cierta inquietud, a la que por otro lado me sobrepuse en seguida, pues, como dije hace mucho, entre mis defectos no cuenta la falta de coraje. Así que miré y remiré hacia lo alto y nada vi, salvo la pared vertical que ya conocía, la gran roca sobresaliente y de nuevo la pared roqueña que ascendía hacia la cima. Nadie, sin un equipo completo de alpinismo, habría podido deambular por tan inhóspita zona. Claro que el hipotético duende habría podido quizá atacarme desde otra parte cercana, pero ¿dónde? La piedrecita había venido, casi sin ningún género de dudas, desde arriba.

De todas formas, un hecho me tranquilizaba un poco de todo aquello, y era que mi invisible acompañante no pretendía otra cosa que jugar, pues, emboscado tan perfectamente como al parecer se hallaba, ¿qué le impedía, de haber querido hacerme daño, arrojar sobre mí un pedrusco de más amplias proporciones que aquella china inofensiva?

Así que el duendecillo era un gracioso. Podría haber hecho buena pareja con mi padre. De todas formas, decidí aprender a bailar culamba en cuanto pudiera; así nos divertiríamos todos.

Por desgracia, más bien me iba a aburrir, porque muy pronto vi a lo lejos a Jalam Batumec, un bulto blanco con dos puntos azules en su parte superior además de su turbante negro, que bordeaba los restos de la muralla y enfilaba hacia el risco.

Es natural que yo no prestara otra atención a las enseñanzas de nuestro preceptor que a lo meramente superficial, de lo que yo podría servirme en cualquier momento para, tal vez, salir de algún apuro, o simplemente tratar de demostrar la autenticidad de mi fe en el Saltarín. Claro que, como no soy precisamente un obtuso mental o, en otras palabras, un duro de mollera, no podía evitar extraer un simplificado esquema de la concepción del mundo y el más allá de aquellas gentes. Pero, ¿qué interés podía tener para mí que la fuerza vital, dominada por Xuan y Rom, podía ser modificada y reconducida según los ritos que Saco Parel, como hijo del Tiempo, y en su nombre el Iluminado y los Cinco Grandes Prestes, administraban y gobernaban? ¿O bien que la fuerza vital, y su relación con el mal y el bien, se manifestaba a los humanos por los ruidos, ya fueran procedentes de instrumentos musicales o los gritos de los poseídos que aullaban los mensajes de aquellas potencias? Nada de todo aquello podía importarme ante la realidad de que —si mis observaciones eran correctas— todos los valores que buscaban quienes acudían al culto de Saco Parel eran convertidos a la postre en fanatismo inconsciente y esclavitud voluntaria por unos pocos avispados que en su interés se aprovechaban muy bien de la soledad y la desesperación de muchas personas. (Avispados que, por si fuera poco, eran aficionados a robar patos de goma.)

Estábamos sentados el anciano y yo sobre sendas piedras planas, y él me miraba por encima de sus lentes ridículos, contándome que debía olvidarme de mi persona y dejar que el amor del Saltarín viviera por mí, cuando, más por reprimir un bostezo que por auténtica curiosidad, pregunté:

—Honorable y amado maestro: ¿cuándo me será dado aprender a bailar culamba?

Jalam Batumec movió negativamente la cabeza, creando con sus pabellones auditivos un huracán en miniatura, y su voz gangosa de acento caribeño sonó con un reproche cariñoso:

—Has de aprender a no hacer preguntas. Más pronto de lo que piensas serás iniciado en el rito del que nos ama, y bailarás y cantarás, y amarás al Saltarín saltando.

Luego espantó a una cabra que se había acercado a husmear junto a nosotros y dijo:

—Pero hoy no te hablaré más. Tal vez por la noche tengas una sorpresa. Que seas cinco veces amado.

Mientras yo lo veía bajar entre las peñas y los roquedales con su paso de marioneta mal encajada —parecía mentira que no tropezase y llegase rodando hasta la abadía—, me dije que, en el fondo, parecía buena gente: ¿hasta qué punto obraba de buena voluntad, engañado como los otros, o bien era un sinvergüenza a la espera de sacar su pellizco de botín?

Estaba poco tiempo después ordeñando las cabras, cuando vi en el terreno pedregoso que rodeaba el risco hacia el este, a unos trescientos metros más o menos, la figura de un individuo con camiseta a rayas —debo advertir que mi vista es muy buena— que pastoreaba seis cabras en todo parecidas a las mías. Terminé de llenar las vasijas de leche sin perderle de vista, me lavé las manos en el manantial y le hice un saludo con los brazos. Aunque miraba ostensiblemente hacia mí, no respondió.

Comprendí que se trataba de aquel pastor del que se me había hablado dos días antes, y comencé a avanzar hacia él. Yo desconocía la parte este del risco —en realidad, sólo había estado en los alrededores del manantial—, y según caminaba pude observar que el hilo de agua que surgía de la roca se estancaba de vez en cuando en pequeñas charcas, las cuales, sin duda, aquel pastor aprovechaba para abrevar a sus cabras.

Pude acercarme a unos cincuenta metros, y comprobé que se trataba de un muchacho de mi edad, vestido efectivamente con camiseta a rayas horizontales y pantalones vaqueros. De repente, azuzó a sus animales, corrió él a su vez y en unos instantes desapareció el pastor con sus seis cabras por entre una quebrada de las faldas del risco.

Desistí de cualquier intento de persecución; a buen seguro, él conocía mucho mejor que yo aquellos parajes y me habría sido imposible llegar a alcanzarle. Y además, me había alejado mucho de mis cabras, y los encargados de recoger la leche no tardarían en llegar, así que decidí volver sobre mis pasos.

En efecto, al poco llegaron Leonor y su silencioso acompañante, Mambo Balú. La chica pf me dijo cuatro tonterías, el otro sonrió, yo hice lo propio y ambos se marcharon con las lecheras, tan contentos. Eso era lo que había.

Antes de proceder a mi comida, me impuse el ejercicio mental de recapitular el número de gente rarísima que en aquellos dos días y medio había conocido: el negro enclenque al que le faltaba una pierna; Efraín, el serio; el Gran Preste y su sonrisa amplia y rígida; Jalam Batumec tal cual, fenómeno inexplicable; Leonor; Mambo Balú, iniciado aunque sordomudo, etc. Y eso sin contar al duende y al pastor esquivo, sobre los que había elaborado una teoría que, lo que son las cosas, al cabo de unos minutos se confirmó.

Yo estaba comiendo mi insulso almuerzo, regado con la leche que previamente había tenido la precaución de introducir en mi cantimplora, y en eso oí un aullido que me causó un notable sobresalto. Fue un grito de dolor que resonó con un eco extraño, y que en seguida se prolongó en unos lamentos cavernosos, como surgidos del interior de la tierra.

No tenía la menor idea de lo que estaba ocurriendo, pero aquel llanto provenía, sin duda, del lugar de la pared rocosa desde el que yo había sospechado que me tiraban piedras. Escuchando con atención, aquellas voces no parecían ser obra de ningún monstruo; quien las emitiese, parecía haberse hecho daño y estar muy asustado.

«Vaya —me dije—, ahí está mi duende; y tiene problemas.»

## 10

## *Una caverna prometedora*

No recuerdo bien lo que sentí; no sabía qué hacer. Aquel llanto le ponía a uno los pelos de punta, si se me permite tan manida expresión. Ya dije antes que, sin material alpino apropiado, subir por aquella pared resultaba, si no imposible, sí al menos empresa harto peligrosa y esforzada como para disuadir a cualquiera de emprenderla, máxime teniendo en cuenta que, para ascender a la cima del risco, parecía haber gran cantidad de trayectorias mucho más cómodas con sólo rodear aquel lugar y dirigirse al este o al oeste. Pues bien, una mezcla de curiosidad y compasión me impulsó, aún no sé cómo —pues me considero bastante prudente—, a iniciar la ascensión. Ténganse en cuenta dos factores que de seguro influyeron en aquel proceder: mi más que notable coraje —dicho sea sin falsa modestia— y la vaga, casi inconsciente corazonada de que por ahí podía empezar a ver una solución al plan que hasta allí nos había llevado a mi padre y a mí.

Así que puse un pie aquí y otro allá con mucho cuidado, busqué los asideros que me parecieron menos inseguros y subí unos metros. Como era lógico, llegó un momento en que vi imposible continuar, pero cuando miré hacia abajo me llevé una de las más desagradables sorpresas de mi vida: en apenas cinco minutos, casi sin darme cuenta debido a mi concentración, había ascendido alrededor de diez metros, altura considerable y desde la cual un salto o una caída suele llevar implícita una inevitable rotura de algún o algunos huesos. Por otro lado, todo el mundo sabe que en una escalada de estas características, absolutamente libre, se puede subir con mayor o menor dificultad, *pero no se puede bajar.*

Los lamentos, arriba, seguían sonando cada vez más desconsolados; abajo, algunas de mis cabras se habían reunido a cierta distancia de la base de la pared, y me observaban como el que mira a un equilibrista sabiendo que el alambre sobre el que evoluciona está a punto de romperse. Mi situación era, simplemente, desesperada. Por primera vez en mi vida maldije mi habilidad: en efecto, si hubiera sido un mozalbete algo más torpe no habría podido llegar a la altura en la que me encontraba, y por lo tanto estaría fuera de peligro. «Pero la perfección también tiene sus contrapartidas», reflexioné, taciturno.

No quedaba, pues, otra solución que intentar lo que parecía imposible: seguir subiendo. Pero ¿cómo? Además, había otro problema que venía a agravar aún más, si cabía, la situación, y era que mi resistencia empezaba a llegar a su límite. Entonces tuve una idea muy acorde con mis circunstancias: a un par de metros a mi derecha, abajo, crecía el arbolito bajo el que me gustaba sestear por las mañanas; era cierto que en el punto donde me encontraba era imposible subir, pero tal vez podría moverme hacia la derecha hasta estar en la vertical del árbol, para dejarme caer sobre él y de esa forma amortiguar en lo posible mi caída. Así lo hice, con enormes dificultades y al borde de mis fuerzas; sin embargo, cuando llegué al lugar que me había propuesto, observé con gran sorpresa que estirando los brazos podría asirme a un saliente de aspecto muy seguro que antes no había percibido por uno de esos raros efectos de la luz solar sobre ciertas superficies; como no las tenía todas conmigo en lo referente a que el susodicho arbolito amortiguara mi aterrizaje, decidí terminar de jugarme el todo por el todo y aprovechar esa última oportunidad de seguir subiendo.

La fortuna sonríe a los audaces, y una vez sujeto al firme saliente hallé nuevas apoyaturas a mis pies, así que, tras unos cuantos minutos que se me hicieron eternos, terminé milagrosamente mi ascensión y me vi en la cornisa de la que sobresalía la gran roca.

Estaba tan agotado y aturdido por el esfuerzo, que apenas presté atención a una abertura que en la parte interior de la cornisa había, casi tapada por la roca, y desde luego absolutamente invisible desde abajo. Era de unos cincuenta centímetros de ancho, y de allí surgían los llantos. No bien recuperé el aliento, me asomé a su interior y eché un vistazo. El agujero bajaba ensanchándose casi en perpendicular, y al fondo pude entrever, muy blancos a la escasa luz que mi cabeza y mis hombros dejaban pasar por la abertura, un par de ojos que miraban llenos de espanto. Los gemidos habían cesado para dar paso a una respiración entrecortada y nerviosa.

—¿Estás bien? —dije, por decir algo, y acto seguido me deslicé por la angosta boca de aquella cueva y me dejé caer al interior.

Una vez libre la boca de cualquier obstáculo, la luz del mediodía me mostró abiertamente a mi infortunado desconocido. Era un muchacho de edad parecida a la mía, o tal vez algo menor, de unos trece años, con el pelo rubio y rizado y de rostro regular con pobladas cejas, más bien flaco. Vestía una camiseta de rayas horizontales negras, pantalones vaqueros y zapatillas deportivas. Se trataba, tal como yo —y cualquiera con dos dedos de frente— había supuesto, del pastor que un rato antes había huido ante mis saludos. Estaba caído sobre el suelo, y se llevaba las manos a un tobillo. A pesar del dolor que sin duda sentía por su lesión, el asombro le dominaba, y me miraba moviendo lentamente la cabeza, sin poder creer que yo hubiera logrado ascender hasta allí.

En unos instantes me hice con una completa versión de lo ocurrido: el pastor conocía cómo llegar a aquella cueva desde otra entrada, y aprovechaba aquella circunstancia para divertirse a costa de ciertos habitantes de la abadía que se ponían a su alcance, algunos de los cuales lo tenían por un duende. Conmigo trató de seguir la broma, pero le salió mal la maniobra, porque resbaló desde el borde del agujero y cayó al interior de la cueva. Por lo demás, se había torcido un tobillo y no parecía dispuesto a decir palabra alguna.

—¿Te duele mucho? —pregunté, señalando su pie.

El afirmó con la cabeza. Por todo lo visto, no se debía de llevar bien con la gente de la abadía; sólo por eso me cayó simpático. Me puse a su lado y le ayudé a levantarse.

—Te acompañaré a tu casa —dije.

El dudó unos instantes, pero, al observar mi actitud amistosa, se levantó y se apoyó en uno de mis hombros. Eramos de la misma estatura. Antes de que comenzáramos a descender por el interior de la cueva, sacó una pequeña linterna de un bolsillo y me la ofreció.

—Hay que ir con cuidado —exclamó—. Pero yo conozco el camino.

Me gustó que supiera hablar: había una serie de cosas que tal vez él podría aclararme.

Bajamos por una especie de corredor de apenas un par de metros de altura, y al cabo de unos diez pasos desembocamos en una caverna que yo consideré de muy anchas proporciones, pero la linterna era muy débil y no pude ver demasiado. De todas formas, el pastor habría podido avanzar a oscuras: tan grande era su seguridad.

El ambiente era húmedo, y no hacía ni frío ni calor. Nos introdujimos en una galería, a la izquierda, y noté que comenzábamos una leve ascensión. En varias ocasiones entreví a uno y a otro lado de la galería aberturas cuadradas, indudablemente obra de la mano del hombre, que daban a angostos corredores. Como mi recién conocido avanzaba cojeando, tuvimos que detenernos dos veces para descansar. Durante la segunda pausa él volvió a hablarme.

—No quise hacerte nada malo. No me lleves a la abadía.

—No te voy a llevar a la abadía —repliqué, insistiendo en mi tono amistoso y conciliador. Le pregunté su nombre, y dónde vivía, a lo que él respondió llamarse Benjamín, y que vivía con su abuelo en una cabaña al otro lado del risco.

Por fin, divisamos un resplandor al fondo de la gruta, subimos por una empinada pendiente mientras la galería se estrechaba, y salimos por un agujero algo más ancho que el del extremo contrario, pero también excelentemente oculto. Se abría la boca de la cueva detrás de un tupido bosquecillo de arbustos y zarzamoras, y era por completo invisible al exterior. Afortunadamente, el descenso era complicado, pero no excesivamente peligroso, y al cabo de no más de diez minutos estuvimos al pie del risco, en su ladera sur, la contraria a la que daba a la abadía.

Como sus cabras estaban por allí, no demasiado desperdigadas, Benjamín las llamó a voces y todas emprendieron con mucha diligencia el retorno al hogar. (Hube de reconocer que aquellas cabras estaban mucho mejor adiestradas que las mías; pensé que sería interesante hacer en el futuro algo al respecto.) Y así llegamos a una choza de aspecto más bien miserable, al pie de un árbol muy grande, que tenía adosado un corral donde las seis educadas cabras penetraron.

Detrás de la casa había un pozo y un huerto muy bien cuidado, en el que estaba trabajando un hombre que no nos vio al principio, concentrado en su tarea. Benjamín lo llamó, y al vernos se aproximó con rostro preocupado. Era un anciano delgado de pelo largo y blanco y espesos mostachos también blancos que amarilleaban un poco. Vestía mono de trabajo. Me miró con cierto aspecto de desconfianza, y luego miró a Benjamín. Acto seguido me dijo:

—Supongo que mi nieto habrá hecho alguna de las suyas. Lo castigaré, señor, se lo aseguro.

A los catorce años nadie está precisamente acostumbrado a que se dirijan a él con el apelativo «señor», de manera que aquel viejo, de entrada, me cayó muy bien.

—No tiene por qué castigarlo —dije, sonriendo—; simplemente, resbaló y se torció el tobillo. Yo también soy pastor y estaba por allí, de manera que escuché sus lamentos y lo he traído. ¿Tiene vendas?

Pasamos al interior de la choza, y el anciano sacó de un baúl una vieja sábana. Tengo ciertos conocimientos de primeros auxilios: en caso de torcedura es preciso hacer un vendaje firme para evitar el movimiento de la extremidad afectada. También tengo buena mano, así que en pocos minutos Benjamín estuvo como nuevo.

No consideré oportuno dilatar en exceso aquella entrevista, así que procedí a despedirme. El anciano se apartó unos metros de la choza y me dijo en voz baja:

—Mi nieto no es muy inteligente, señor, pero tampoco es malo. Le tengo prohibido rodear el risco, pero su curiosidad le puede. Espero que ya no los moleste más.

Como es natural, le aseguré al viejo que la presencia de Benjamín no sólo no me molestaba, sino todo lo contrario, y eso sin contar con que el monte es patrimonio de todos y estaba en su perfecto derecho de llevar a pastar a sus cabras donde le pareciera oportuno. El se mostró visiblemente contento con mis palabras, aunque algo confuso —no debía de estar acostumbrado a tan amable trato—. No dijo nada más, y yo hice un gesto de despedida y me marché.

Tardé un buen rato en rodear el risco y luego reunir a mis cabras, mientras pensaba que de las experiencias de aquel día podríamos lograr algunas ventajas para nuestros planes.

También me di cuenta de que había olvidado devolverle la linterna a Benjamín. La oculté entre las ramas del arbolito al pie de la pared de roca, y yo y mis cabras emprendimos el regreso a la casa de Saco Parel.

## 11

## *Visión terrorífica*

Una vez en la abadía, nos acomodamos en el claustro como cada noche, nos relajamos, repetimos las frases que algunos iniciados nos gritaron, y nos enseñaron el baile de la culamba. ¿Tenía aquello que ver con mi pregunta de la mañana a Jalam Batumec, o se trataba simplemente de una coincidencia? Supuse que era más bien lo segundo, pues el viejo de las grandes orejas azules me había hablado de una sorpresa para la noche. Aquello, de todas formas, no me preocupaba en absoluto, y el baile en cuestión resultó bastante vulgar. Todos los novicios nos colocamos de pie en el centro del claustro, y a una señal nos pusimos a dar saltos y vueltas; el misterio de aquel asunto, al parecer, estribaba en que había que cerrar los ojos y repetir machaconamente ciertas consignas, como «ya no soy mío», «el Saltarín me ama», «Todo por Saco Parel», etc., etc.; en fin, lo previsible. Con unas cuantas luces aquello habría parecido una discoteca, uno de esos antros donde la alegre juventud dilapida sus energías haciendo el mono hasta altas horas de la madrugada, amén de otras cositas que no ignoro, a pesar de que ni por edad ni por afición tengo gran experiencia en tales tugurios.

Pues bien, por extraño que parezca, llegó un instante en el que, en medio de aquel bullicio, comencé a sentir un atontamiento en cierto modo placentero, y daba vueltas y brincos con mucha alegría, corriendo por otro lado serio riesgo —como a algunos les ocurrió— de dar con mis huesos en tierra. Aquello me duró muy poco, pero cuando fui consciente de mi estado tuve un sobresalto y traté de escapar de la fascinación del baile. Me asusté un poco: había bajado la guardia sólo unos segundos y eso bastó para que en esos momentos cayera en el poder —es un decir— de Saco Parel. Si eso pasaba conmigo, lo que les ocurría a los demás se situaba dentro de la más pura lógica. También me preocupé por mi padre: ¿estaría siendo víctima, también él, del hipnotismo de la danza? Como quien no quiere la cosa, me fui acercando al lugar donde saltaba —no sin esfuerzo, pues estaba ya muy oscuro y me costó distinguirle—, y le observé con disimulo. No había peligro; él era un profesional e iba a lo suyo, porque en cuanto tuvo ocasión me pasó un papelito y siguió dando brincos por ahí.

Cuando terminó aquel primer baile —y si el de los novicios era así, ¡cómo debía de ser el de los iniciados, al ritmo del tam-tam!—, acudimos al refectorio, donde, por culpa del ejercicio y de la vida sana, yo me quedé con más hambre que nunca, y de allí cada uno se dirigió a su celda.

El mensaje de mi progenitor era aquella noche más escueto que nunca:

> «Creo que vamos a tener complicaciones. Esto no me gusta nada. Si mis sospechas son ciertas, nos largamos mañana mismo. Ten muchísimo cuidado.»

Se le había olvidado poner lo de *Informe N.º 3*, y eso indicaba su preocupación. Por supuesto, esas palabras me alarmaron sobremanera. Hasta la víspera, mi padre había conservado una fe casi ciega en la relativa facilidad y nulo riesgo del plan; consideraba que todo era cuestión de tener paciencia y actuar en el momento oportuno. ¿Qué le había hecho cambiar de opinión tan de repente? En cualquier caso, mis presentimientos de antes de que comenzase todo aquello se estaban cumpliendo, y ese hecho, que venía a confirmar mi clarividencia, no me gustó absolutamente nada. Pero, a pesar de esos contratiempos, mi jornada había sido muy movida, y no tardé en conciliar un profundo sueño del que no me sacaron ni las voces ni el tam-tam.

A la mañana siguiente, una vez en el lugar habitual donde se solazaban mis cabras, comencé a hacer cábalas sobre si en aquella jornada vería a Benjamín. Las nubes habían vuelto y, aunque la lluvia no parecía inminente, soplaba un viento muy limpio pero también demasiado fresco.

A media mañana llegó Jalam Batumec, que consiguió adormecerme con su clase de doctrina. Luego ordeñé las cabras, entregué a Leonor y Mambo Balú las dos lecheras y devoré mi almuerzo.

A las dos de la tarde apareció Benjamín por la zona este del risco. Le saludé y se aproximó, sin aparentes problemas en su tobillo. Sus seis cabras confraternizaron inmediatamente con las doce mías, y aunque yo estuve al principio un poco preocupado por cómo distinguir después unas de otras, él me tranquilizó en seguida demostrando conocer muy bien a todos y cada uno de sus animales.

—Esa se llama Patricia —me dijo, señalándola— y es muy nerviosa; la otra es Lola, y una vez se comió un lagarto, aunque nadie se lo cree; la de su derecha tiene un cuerno algo más largo que otro, se llama Remedios y le asustan mucho las tormentas; esa de ahí es Aurora: una vez se cayó desde lo alto del risco y no se hizo ni un arañazo; tiene buena suerte. Las otras dos se llaman cabras, porque ya no sé más nombres.

Le pregunté si iba a la escuela, y me respondió que había ido por un tiempo, pero no entendía nada. Además, él conocía a sus cabras: ¿para qué necesitaba la escuela? Luego me contó algunas cosas más sobre sus amigas, pero lo que yo verdaderamente deseaba era explorar la caverna y los pasadizos que había entrevisto la víspera. Como tenía casi la seguridad de que nadie iba a venir de la abadía a molestarnos, le sugerí que rodeáramos el risco y volviéramos a echar un vistazo a la cueva.

—Tengo tu linterna —añadí, entregándosela.

El dudó un poco, pero después de unos instantes se encogió de hombros y nos dirigimos hacia la boca de la cueva del lado sur. Lo que más me interesaba no era la gruta transversal del risco, sino las aberturas laterales practicadas a sus dos lados. O yo había leído muy poco, o aquello se trataba de pasadizos que tenían mucho que ver con la abadía.

No bien habíamos entrado, Benjamín señaló con la linterna una pequeña abertura a la izquierda y por allí nos metimos. Dejó su linterna en el suelo y manipuló una vieja lámpara de petróleo. A la luz amarillenta pude observar que nos hallábamos en una estancia excavada en la roca viva, de forma cúbica, que antaño tal vez sirvió de refugio o catacumba. Además de la lámpara de petróleo, Benjamín tenía un pequeño y desvencijado baúl, que en seguida abrió.

—Mi tesoro —dijo, campanudamente, y me mostró el interior del baúl. Allí vi un grupo de objetos que constituían toda la juguetería de aquel muchacho disminuido y misterioso: una calavera de cabra muy limpia y brillante; varios botes de refresco vacíos; trozos de porcelana grandes y pequeños; un gran cencerro que resonó lúgubre en el aire de la caverna; una rueda de triciclo; una pequeña colección de cromos y una muñeca de plástico a la que le faltaba, curiosamente, una pierna.

Una vez observadas todas aquellas porquerías, y no sin pensar que mi pato de goma seguramente habría entusiasmado a mi cavernícola amigo, le sugerí que me mostrara los otros pasadizos, en número de dos, que en la cueva había. Con uno de ellos, a la derecha y casi enfrente de la cámara del tesoro, no hubo nada: descendía en la que casi con toda seguridad era dirección este, y a los veinte o treinta pasos se veía interrumpido por un derrumbamiento ya muy antiguo. Respecto a la siguiente abertura, Benjamín se negó en redondo a penetrar por ella al principio, hasta que al final accedió, eso sí sin dejar de decir que el sitio no era bueno y que en todo caso avanzaría tras de mí.

El pasadizo, algo más angosto que el anterior pero muy recto, parecía haber sido excavado en dirección oeste —o al menos eso me dijo mi sentido de la orientación; con posterioridad pude comprobar que estaba en lo cierto—, y por él nos introdujimos, iluminados por el quinqué de petróleo y la linterna que, trémulo y al parecer muy nervioso, Benjamín manejaba a mis espaldas. Ni que decir tiene que aquel lugar resultaba harto fantasmagórico, con nuestras propias sombras bailoteando sobre los húmedos muros de roca, y nuestros pasos que resonaban en el suelo con un eco apagado y singular.

Habríamos avanzado por aquel estrecho corredor algo más de una docena de metros, cuando noté que mi raro amigo se detenía en seco y miraba muy fijo hacia un recodo que a un par de pasos giraba a la izquierda, dejando en las sombras lo que más allá del redondeado esquinazo había. Un poco harto ya de las bobadas de Benjamín, decidí dejarlo atrás y continuar caminando por aquellos intestinos del risco en los que había depositado mi mayor interés. Como el techo del pasadizo se hacía más alto cuando giraba a la izquierda, levanté la lámpara y miré para arriba.

Debo reconocer que sufrí un sobresalto: no soy de piedra, y cualquier persona sensible, en aquella circunstancia entre grotesca y misteriosa, se siente proclive a la emoción. Lo que vi en la pequeña bóveda que allí se formaba no fue otra cosa que una serie de protuberancias de la roca que, a la luz tenue y temblorosa de la lámpara de petróleo, formaban una figura muy parecida a la cara de una especie de monstruo. Un simple efecto óptico. Me reí abiertamente de los temores del pobre Benjamín, y me iba a volver para llamarle y explicarle que aquello era sólo una ilusión, cuando sentí que rozando la pernera derecha de mi pantalón, apoyado en la pétrea y secular pared, *había algo.*

Lo miré, como es lógico, bajando la lámpara, y jamás en mi vida he vuelto a sentir un espanto como aquél: dos agujeros negros, tal vez madrigueras de las más repugnantes sabandijas, eran sus ojos; su nariz, un vacío, pues allí donde debía encontrarse algún tipo de órgano olfativo no había sino un leve pingajo de repugnante y acartonado aspecto; su boca, un tajo oscuro de lado a lado del rostro; faltaban orejas, pero no cabello, al menos en algunos lugares del cráneo, de donde colgaban unos matojos como de musgo ceniciento que me provocaron náuseas.

¿Me miraba? ¿Me amenazaba? No me quedé a comprobarlo: volví sobre mis pasos como un lunático, rebasé a Benjamín, que al otro lado del recodo me aguardaba en silencio, y habría yo seguido corriendo con el vello de punta por aquellos pasadizos malditos durante un buen rato, si no hubiera escuchado que Benjamín me gritaba:

—¡Es muy feo, pero no se mueve!

Me detuve en seco, jadeante. Me acaricié la pelada cabeza y comprobé que tenía un sudor frío. Me temblaba todo el cuerpo —se observará que soy muy sincero—, pero no sé de dónde saqué fuerzas para regresar junto a mi simple y extravagante amigo, y echar un vistazo al otro lado de la esquina para comprobar que aquel horror no se había movido.

En efecto, permanecía inmóvil, entre otras cosas porque era un esqueleto, y no son tales personajes muy dados a estirar las piernas, por más que abunde quien opina lo contrario.

## 12

### *La cosa al otro lado de mi puerta*

Estaba recostado contra la pared de piedra, y sus costillas y sus miembros apenas estaban cubiertos por unos jirones de lo que en otro tiempo fue ropa. Se trataba, al parecer, de un vestigio corrompido de una batalla remota, o vaya usted a saber.

Benjamín, una vez que yo examiné el montón de huesos con un poco de tranquilidad, le perdió el miedo y se acercó. Anduvo mirando por todas partes, pero sin atreverse a tocar, y cuando yo decidí continuar adelante él me siguió, aunque apuntando a todas partes con su linterna por ver si descubría más esqueletos, lo que me hizo suponer, aun sin preguntarle, que, intimidado por el cadáver del recodo, jamás había llegado tan lejos en los corredores. Al cabo llegamos a un amplio pasillo por el que se notaba correr más el aire que en los anteriores.

Miré mi reloj, pues con tanto sobresalto había perdido un poco la noción del tiempo, y comprobé que eran casi las cuatro de la tarde. Dudé un poco, pues de ningún modo deseaba que nadie de la secta supiera mi descubrimiento de los subterráneos, y por fin decidí continuar un rato, por si aquel corredor tenía un final no muy lejano. Anduvimos a buen ritmo y sin hallar obstáculos ni desniveles, casi en línea recta, durante unos diez minutos, y cuando ya estaba pensando en dar marcha atrás una pared apareció ante nosotros.

Nos aproximamos y pudimos ver que se trataba de un muro de ladrillo que a su derecha, casi en el vértice formado por el suelo y la pared, se abría en un agujero de unos ciento cincuenta centímetros de diámetro por el que surgía un tenue resplandor. El agujero daba a una estancia en completa ruina, y al fondo, en el techo, otro orificio, un poco más pequeño, echaba una luz casi imperceptible sobre un montón de escombros que en otra época debió haber sido escalera. Le pedí ayuda a Benjamín y con algo de esfuerzo pude tener acceso a la parte superior.

Era cuadrada, no menos ruinosa que la de abajo, si bien en el centro justo de cada una de sus cuatro paredes pude ver perfectamente dibujados unos ventanucos muy alargados y estrechos que me llamaron la atención; me asomé por uno de ellos y vi, con un solo ojo —tan estrecho era—, el edificio de las viejas caballerizas, y más allá, muy dificultosamente, lo que sin duda era el ábside de la iglesia, tras el cual emergía una esquina del taller, con su generador adosado. No cabía, pues, error alguno: habíamos llegado a uno de los torreones, concretamente el situado más al norte en las murallas del monasterio. Recordaba haberlo observado por las mañanas, cuando iba a recoger mis cabras, y su parte superior era, al igual que ocurría en el otro torreón, más a la derecha, un descomunal montón de piedras despedazadas sin orden ni concierto, entre cuyas junturas seguramente no habría cabido un animal más grande que un lagarto. Gracias a esa circunstancia, la única luz que penetraba en aquel lugar era de las saeteras, esas aberturas largas y estrechas construidas en otro tiempo para disparar flechas a cubierto del enemigo, y que entonces a mí me servían para hacer todas aquellas veloces deducciones. Además, la ruina de la parte superior del torreón era, a buen seguro, la causa de que ningún miembro de la secta hubiese descubierto el pasadizo por el que nosotros habíamos llegado hasta allí.

Benjamín se impacientó desde abajo y me pidió que le ayudara a subir, pero como yo comprobé, alarmado, la descendente luz del sol al otro lado de las saeteras, me apresuré a bajar y le rogué que se diera prisa, pues en muy breve tiempo tendría que recoger las cabras y regresar a la abadía.

Le ayudé a desandar lo andado, para que no empeorara su tobillo, volvimos a cruzarnos con el esqueleto, y al cabo de más minutos de los que yo habría querido nos vimos en el exterior.

—No te preocupes por tus cabras —dijo Benjamín, con cierta suficiencia—, las mías están bien enseñadas: las reunirán, si quieres.

En otras circunstancias aquella prepotencia cabreril tal vez me hubiera molestado, pero estaba dándole vueltas en mi cabeza a todo lo descubierto y al fin decidí que debía poner todo aquello en conocimiento de mi padre, para decidir entre ambos qué se podía hacer con aquello respecto a nuestro plan de acción. Tampoco olvidaba, naturalmente, que la galería que nos había conducido al torreón no era la única, pues restaba la que, en la bifurcación, se dirigía hacia la izquierda.

En fin, lo de que las cabras de Benjamín eran capaces de reunir en poco tiempo a las mías resultó, increíble y escandalosamente, cierto —tanto, que empecé a dar crédito a que una de ellas había devorado una vez un lagarto—. Me pregunté cómo conseguiría aquel chico primitivo hacerse obedecer de forma tan exacta por los animales a su cuidado, al tiempo que coleccionaba, entre otras cosas, una rueda de triciclo, varios botes herrumbrosos y un cencerro como piezas de un gran tesoro. La vida tiene misterios que resultan impenetrables incluso para los más sabios, me dije; nos despedimos hasta el día siguiente y cada uno nos fuimos por nuestro lado.

Al principio no pude distinguir entre las sombrías ruinas del claustro a mi padre, lo cual me preocupó mucho. Por fortuna, cuando hicimos dos hileras para penetrar en el refectorio, él se las arregló para ponerse a mi lado y pasarme una minúscula bolita de papel que a punto estuve de extraviar entre mis vestiduras.

En el comedor el azar me llevó a ocupar la misma mesa que el Gran Preste, que me miró muy atento —mi cabeza pelada parecía ejercer sobre él una suerte de fascinación— y sonriendo me dijo:

—¿Todo bien, hermano? ¿Sientes el amor en la sagrada servidumbre hacia el que salta?

Afirmé en silencio con un movimiento de cabeza, tratando de resultar muy convincente. Luego, mientras devoraba mi escasa cena, di vueltas y vueltas en mi cabeza a aquellas preguntas del Gran Preste, por si tal vez tuvieran relación con la alarma advertida por mi progenitor, pero al fin concluí que no había nada de eso, y terminé de comer con la vista pegada al plato. Después, todos fuimos a las celdas.

El mensaje de mi padre, escrito en una tira pequeñísima de papel con letra rápida y nerviosa, no podía ser más preocupante:

«PELIGRO - PELIGRO - PELIGRO»

Así pues, sus sospechas se habían confirmado y me temí lo peor: por alguna lamentable circunstancia habíamos sido descubiertos, y ya sólo esperaban la ocasión más propicia para deshacerse de nosotros. Ahora bien: ¿qué o quién les había avisado de nuestras intenciones? Aquello era para mí un misterio, y a partir de ese justo momento decidí aprovechar la más pequeña coyuntura para hablar con mi padre y que me explicara el estado de la situación. Claro que aquello, siendo las cosas allí como eran, resultaba poco menos que imposible... Mi zozobra fue más grande por cuanto contrastaba con el reciente descubrimiento de los pasadizos y la esperanza de que aquello nos pusiera en ventaja sobre los fieles de Saco Parel.

Apenas pude dormir. Sólo cuando a medianoche comenzó a escucharse el tam-tam subterráneo y los lúgubres cantos, caí en un sopor cruzado de breves sueños, que desaparecieron como una pompa cuando me despertaron unos extraños ruidos al otro lado de la puerta, y traté de oír con más atención. Se trataba de una especie de roce contra la madera, como la de alguien o *algo* que se frotaba con alguna maligna y terrorífica voluntad. Además, fuera lo que fuese lo que había al otro lado, ¡estaba hurgando en mi cerradura!

Me di cuenta de que el tam-tam y los cánticos habían seguido sonando mientras tanto, porque en ese momento se dejaron de oír. Automáticamente, la cosa del otro lado de la puerta cesó en su criminal intento y, al parecer, se escabulló. Naturalmente, habría querido perseguirla y exigirle explicaciones por su comportamiento impropio y sospechoso, pues no faltaba más, pero yo estaba encerrado y nada pude hacer, salvo colegir que no se trataba de nadie de acuerdo con Efraín o el Gran Preste, pues es sabido que las llaves de todas las celdas estaban en su poder, y, caso de querer penetrar en la mía, les habría resultado harto sencillo.

Sin embargo, ¡ay!, en seguida pensé otra cosa: puestos aquellos tipos efectivamente en alerta sobre mis intenciones y las de mi padre, trataban de asustarnos con el fin de que nuestra moral se viniera abajo y fuéramos, como corderitos, a confesarnos a ellos y pedir clemencia en el divino amor del Saltarín.

¿Quedaba otra explicación de todo aquello? Probablemente quedaban seis o siete, pero aquella era la única que yo tenía, y decidí obrar en consecuencia: la mejor defensa es un buen ataque, así que a la mañana siguiente trataría de explorar hasta el final el resto de los pasadizos, para aprovechar luego al máximo las ventajas que aquello nos reportara. ¡Cualquier cosa en homenaje a mi inolvidable pato de goma!

## 13

### *En la cripta*

Como a la mañana siguiente Benjamín no aparecía, llevé mis cabras hacia el este del risco —así lo vería llegar en cuanto viniera desde el otro lado— y, para hacer tiempo, traté de adiestrar a una de ellas. Las miré detenidamente, buscando algo que diferenciase a una de las otras, y no lo hallé. El parecido mutuo de aquellos animales era, para mí, absoluto, así que manufacturé un rudimentario collar a base de ramitas de unos helechos que junto a una de las charcas crecían —parece mentira lo que unas manos hábiles pueden conseguir con los elementos más primarios— y se lo puse al cuello, con mucho trabajo, a la que a mí me pareció, no sabía por qué, la más inteligente así, al pronto. Ella se molestó un poco al principio, pero luego se resignó a aguantarme y, previa recolección por mi parte de un gran montón de diversas hierbas, que coloqué a mis pies para que ella comiera, decidí dar comienzo al cursillo.

Ahora bien, tenía ante mí una cuestión peliaguda: ¿qué cosas se le pueden enseñar a una cabra absolutamente deficitaria en materia educacional? El grado de las cabras de Benjamín era, digamos, superior; las mías no habían llegado ni a E.G.B. y había, por tanto, que empezar desde los fundamentos. No sin muchas reflexiones, sopesando pros y contras, decidí, como primera clase, ponerle un nombre y hacer que lo aprendiera. Barajé distintos apelativos y todos los fui desechando: Estefanía, por impropio; Margarita, por cursi; Marrona, por basto y no definitorio —ya que todas eran, como se ha dicho, de color marrón—; Sherezade, por pedante; Melibea, por literario; y Circe, porque no. Después de pensarlo un buen rato, elegí el menos malo, Primitiva, pues ella había sido la primera por mí elegida para salir de la ignorancia.

Lo malo fue que cuando me quise dar cuenta y bajé la vista a mis pies —cuando medito suelo entrecerrar los ojos y mirar a las alturas— la cabra en cuestión había devorado todo el forraje que yo con gran esfuerzo recolecté, y no la vi a mi vera. Para colmo de contratiempos, luego de una revisión a cada uno de los doce animales que por allí andaban triscando, comprobé que Primitiva se las había arreglado para comerse el collar que, a base de mimo y pericia, yo le había construido, con lo cual se hallaba nuevamente camuflada en el anonimato de la muchedumbre.

Parecía, pues, que la rutina cotidiana tendría lugar, pero no fue así. Para empezar, cuando llegaron Leonor y Mambo Balú a por la leche, ella me dijo, enfurruñada, que por qué me había ido ese día tan lejos, pf, que si quería reventarlos.

—Oh, hermana, que así hablas y te quejas de los trabajos en que tu servidumbre al que salta y ama te expone —respondí—: ¿Ignoras acaso que no soy yo, ni tú, los que elegimos los lugares, los esfuerzos y las industrias de los humanos en esta tierra dividida en cinco para ser amada por los cinco que son uno? ¿No sería mejor que agradecieses la fortuna que hoy te ha deparado el que yo decida llegar hasta aquí, y así tú te rompas los pies para mayor gloria de Saco Parel?

Mambo Balú me observó con unos ojos bonachones en medio de su cara negra y sonriente —¿qué pensaría que yo estaba diciendo?—, y Leonor dijo que yo hablaba como muy fuerte, y muy pronto sería iniciado, y eso sería espléndido, etcétera, pero que, pf, por favor, otra vez colocara mi rebaño algo más cerca, que me amaba *con toda su alma* (esto era nuevo: ¿se estaba enamorando aquella infeliz de mí? Por su bien, deseé que no fuera así. Aunque la verdad es que era guapísima), y que el Saltarín quedara conmigo, etc., etc.

Poco después apareció Benjamín y nos dirigimos a la ladera sur del risco, dejamos allí en fraternal mescolanza a las cabras y nos metimos en la cueva. Llegamos al recodo del esqueleto, y de allí a la encrucijada; desechamos la ya conocida dirección de la derecha y bajamos hacia la izquierda, siempre iluminados por el quinqué de petróleo. El pasadizo se fue haciendo muy estrecho según descendía y pudimos notar cómo el aire estaba cada vez más enrarecido e inmóvil, lo cual me hizo pensar que, se hallase donde fuera el final de aquello, estaría firmemente cerrado desde hacía mucho tiempo.

Anduvimos lentamente sin dejar de descender durante seis o siete minutos, encontrando a veces en nuestro camino rocas y protuberancias, hasta que arribamos a un lugar donde parecía abrirse la boca de un pozo, negra como las fauces de un monstruo. Por fortuna, en seguida comprobamos que había unos peldaños toscamente labrados, y por allí descendimos, no sin que yo aconsejara a Benjamín que caminara con cuidado, por lo de su tobillo. Había muy poco aire y la luz de nuestra lámpara agonizaba, cuando llegamos al fondo de la escalera, donde se abría una galería algo más ancha y muy parecida a la que habíamos explorado la víspera, con vigas y pilares de madera de tanto en tanto.

Continuamos avanzando, ya con más comodidad, durante unos diez minutos, hasta que llegamos a lo que yo había temido: un muro hecho en la piedra prácticamente liso y con aspecto de inamovible.

Teníamos muy poca luz, por lo enrarecido del aire, que no permitía arder bien la mecha de nuestra lámpara, pero nuestros ojos habían tenido tiempo de acostumbrarse a la oscuridad, y examinamos sin grandes problemas el muro que se levantaba ante nosotros: ni un agujero, ni un resquicio, ni una grieta había allí que hiciera pensar en la posibilidad de vislumbrar qué había al otro lado.

Así que estábamos a punto de dar media vuelta, con gran desilusión por mi parte, cuando Benjamín me hizo notar con un gesto que en la parte superior de la superficie de piedra había algo parecido a un saliente. Sin demasiadas esperanzas levanté la lámpara para observarlo mejor, y pude ver que, en efecto, aquello sobresalía apenas un par de centímetros entre el techo y la piedra, formando una suerte de pequeña pieza adosada a la maciza construcción.

Movido por una extraña intuición —una especie de sexto sentido que tengo la fortuna de poseer— empujé la pieza hacia arriba con la punta de los dedos; ésta cedió con una suavidad totalmente imprevista, y frente a nuestros incrédulos y sobresaltados ojos tuvo lugar el prodigio: la enorme piedra plana que constituía el muro comenzó, apoyada en misteriosos mecanismos, a abrirse de arriba abajo, hacia afuera, hasta que, con un ruido leve y sordo, quedó quieta.

Ante nosotros se había abierto una puerta fantástica que, casi con toda probabilidad, no había funcionado durante siglos.

Permanecimos inmóviles, temerosos de que alguien, al otro lado, hubiera sentido la maniobra y nos aguardase, acechante, pero como al cabo de un par de minutos de completo silencio no ocurrió nada, decidí avanzar y descubrir qué nueva sorpresa nos había deparado la suerte.

De un salto caí sobre la piedra, que permanecía formando un largo y ancho peldaño sobre el suelo, y me encontré en un lugar muy poco iluminado, en el que el jadeo de mi respiración producía un eco silbante.

Se trataba de una estancia cuadrada compuesta por varias naves, separadas por cuatro gruesos y bajos pilares que a su vez sostenían las bóvedas. Había en el aire un exótico olor como de hierbas quemadas que no pude reconocer. En uno de los muros, a la izquierda de la entrada secreta, había una amplia puerta de hojas de madera de aspecto nuevo y recio, como si hubiera sido colocada recientemente; me aproximé con sigilo a ella y comprobé que estaba cerrada por fuera. No había ni siquiera un minúsculo ventanuco. Todo era silencio.

Una vez hecha esta primera inspección, mi mirada se dirigió hacia el lugar de donde surgía el pequeño brillo, y allí fuimos con la lámpara; rodeamos el rechoncho pilar, y Benjamín, siempre acorde con su personalidad primitiva y asustadiza, dio un respingo: lo que vimos fue un par de bloques de piedra uno encima de otro, conformando lo que parecía un tosco altar, y en el altar había una figurilla negra y brillante, con incrustaciones azules en los ojos y blanquecinas en los gruesos labios, que representaba a un ser de enorme cabeza, rasgos negroides y orejas puntiagudas, que se cubría con un estrafalario gorro, sujetaba entre sus labios una gran pipa, y adoptaba una postura chulesca, con las manos apoyadas en las caderas, sosteniéndose sobre una sola pierna que surgía de la parte inferior central de su regordete tronco.

No cabía, pues, el menor género de dudas: nos encontrábamos, sorprendidos y un punto asustados, ante la mismísima figura de Saco Parel.

Al pie del altar había un grueso cirio encendido, y a sus lados un par de cazoletas con cenizas, de las cuales surgía el extraño olor que flotaba en todo el ambiente. Miré mi reloj y comprobé que era un poco más de la una y media de la tarde.

Había tenido suerte; tanta suerte que puede pensarse que sólo se da en las novelas, pues una serie de casualidades me había llevado al objeto mismo por el que mi padre y yo nos hallábamos metidos en aquella aventura que, según los últimos indicios, comenzaba a ser peligrosa. Por desgracia, que esto no es una novela quedará demostrado cuando se compruebe que, a la postre, todo aquel cúmulo de golpes de fortuna no iba a servirnos para nada.

## 14

## *Un as en la manga*

Por si quedaba algún interrogante sobre la naturaleza del lugar donde estábamos, vimos en un extremo de la estancia, sobre una mesita baja un par de bongos, y en un rincón un tronco de madera hueco que debía ser necesariamente el tam-tam que se dejaba oír todas las noches, amén de ciertas vestimentas blancas muy bien dobladas y otros adminículos que nos cuidamos mucho de tocar. En vano busqué restos de ceremonias nefandas (huellas de sangre, instrumentos de tortura, esas cosas típicas): todo estaba muy limpio y los escasos objetos en orden.

Me habría gustado mucho poder salir de la cripta y subir a las naves ruinosas del templo, pero era casi seguro que tras la puerta de madera —por lo demás, como dije antes, bien cerrada por fuera— había algún fornido hermano de la secta vigilando el reposo del Saltarín. Y encima, nuestra situación distaba mucho de ser segura, pues de ninguna forma se podía desechar la posibilidad de que en cualquier momento la puerta se abriese y fuéramos descubiertos en plena labor de espionaje. Sin embargo, me concedí aún cinco minutos para tratar de descubrir el soporte que abriera el pasadizo secreto desde el interior de la cripta. Llamé a Benjamín junto a la losa abierta, pero no acudió. Se encontraba aún frente al ídolo de Aruba, mirándolo con los ojos muy abiertos, la mandíbula inferior caída, fascinado hasta el punto de que tuve que zarandearlo para que volviera en sí. Lo llevé a la entrada secreta y le expliqué lo que pensaba hacer.

—Métete en el pasadizo con la lámpara, luego cerraremos la losa. Acto seguido cuentas hasta trescientos, y si para entonces yo no he conseguido abrirla desde aquí, accionas el resorte. ¿Me has entendido?

No dijo ni que sí ni que no, pero preguntó:

—¿Trescientos es lo mismo que tres cienes?

—En efecto.

—De acuerdo.

Y se introdujo con su lámpara por la abertura de la pared. Yo no tenía muy claro que él pudiera levantar la losa, mas, para mi alegría, bastó una leve presión con el pie en su parte inferior y, lentamente y en silencio, la gran piedra fue alzándose hasta encajar perfectamente en el muro. Resultaba claro que el mecanismo oculto funcionaba a base de palancas y contrapesos. Luego me dirigí al altar de Saco Parel y le tomé prestado su cirio. Puede parecer una tontería, pero, al levantar el velón, el desplazamiento de las sombras sobre su rostro extravagante me produjo un escalofrío.

No quise pensar más en eso. En lo que sí pensé fue en la pregunta de Benjamín sobre lo de los cientos y los cienes. ¿Sabía contar aquella criatura? Me temí mucho que, siendo mi amigo como era, podía estar contando trescientos durante horas; y sobre todo me indignó mi despiste al caer en la cuenta de que si le hubiera prestado mi reloj todo sería entonces mucho más fácil y no estaría empezando yo a ponerme nervioso, sabiendo al Saltarín a oscuras, detrás de mí, encerrados ambos en una cripta siniestra en la que cotidianamente se celebraban liturgias misteriosas y acaso horripilantes.

A la luz mortecina del cirio, examiné las junturas de la losa. Nada la diferenciaba de las otras que conformaban el muro. No era, pues, de extrañar que los hermanos de la secta no la hubiesen descubierto aún, como era lógico pensar, ya que, en caso contrario, habrían puesto buen cuidado en inutilizarla o al menos mantenerla vigilada.

Dado que a simple vista no pude percibir resorte alguno, decidí utilizar mi intelecto, cosa que no es tan habitual entre los humanos como algunos creen. «Veamos —me dije—: la losa se abre hacia afuera, presumiblemente pivotando sobre un eje en la base del muro; para cerrarla desde dentro basta empujar su parte inferior hacia abajo, y los contrapesos o cualquiera que sea el mecanismo secreto hacen el resto; así pues, empujando desde aquí esa parte inferior hacia adentro, la losa debe comenzar a caer.»

Dejé el cirio en el suelo y, de rodillas, empujé en el sitio adecuado; y aunque me costó un poco más de lo que esperaba, al cabo conseguí que se moviera un poco, y eso ya bastó: recogí el cirio apresuradamente y me puse a prudencial distancia de la pared. Lenta, rotunda, con una majestuosidad de siglos, la puerta secreta fue bajando. En seguida la lámpara de Benjamín me alivió un poco de la semioscuridad que me rodeaba. Mi amigo permanecía sentado contra una pared del pasadizo, los brazos apoyados en las rodillas y los ojos fuertemente cerrados, como en medio de una profundísima concentración.

Devolví su cirio al que era cinco, evitando mirarle

a la cara, y volví al pasadizo. Benjamín no se había movido; estaba claro que no se había enterado del descenso de la losa. Le sacudí en un hombro y levantó la cabeza, sobresaltado.

—Iba por el sesenta y dos —dijo, levantándose.

—¿Cómo sesenta y dos? Hace por lo menos cuatro minutos que cerramos la puerta.

—Ya —continuó él, suficiente—, pero es que yo sólo sé contar hasta cien. De todas formas, si trescientos es lo mismo que tres cienes, sólo tengo que contar tres veces cien y tendré trescientos. Iba por el sesenta y dos del tercer cien. Es fácil.

Me quedé anonadado. Por lo visto, el bueno de Benjamín, el pastor analfabeto, sólo sabía contar hasta cien, y sin embargo sabía multiplicar. Ya digo: la mente humana nos tiene reservadas descomunales sorpresas.

Pero la alegría por el reciente descubrimiento en seguida me impidió pensar en otra cosa. «Ahora tenemos un as en la manga», pensé, y acto seguido empujé la losa, se cerró la entrada frente a nosotros y, dando media vuelta, emprendimos veloces el regreso a través de los pasadizos.

Cuando llegamos a la gruta que atravesaba de parte a parte el risco, tuve la idea de echar un vistazo por la pequeña abertura de la parte norte, para comprobar si debía enfrentarme con alguna dificultad. Así lo hice, y cuando con toda precaución saqué medio cuerpo por el agujero y me asomé al otro lado de la gran roca, me llevé un disgusto: a lo lejos, zigzagueando entre los restos de la muralla, Jalam Batumec se dirigía hacia el risco.

Me dejé caer del agujero, grité a Benjamín que era preciso apurarse y nos dirigimos a la otra salida de la cueva. Mi amigo no podía correr, y yo no podía prescindir de él, ya que necesitaba separar mis cabras de las suyas, de manera que el trayecto se me hizo eterno.

Por fin, pudimos ver la abertura y ganamos el exterior. Las cabras de Benjamín acudieron, llevando con ellas a las mías, y en un dos por tres estuvo hecho el reparto; me despedí hasta la vista y, en cuanto llegué a terreno llano, hice saber a mis animales, por medio de gestos harto elocuentes, que había prisa. Todas las cornúpetas parecieron dispuestas a trotar en la medida de sus posibilidades, salvo una, que pareció empeñada en volver a las rocas una y otra vez. No supe por qué, pero me dio la impresión de que se trataba de Primitiva.

Me llevó un tiempo precioso llegar a donde la señorita dio por bueno detenerse, y como no dio señales de hacer excesivo caso de mis empujones, me vi obligado a propinarle un puntapié en el trasero, que a ella no le hizo ningún daño y a mí estuvo a punto de despeñarme, porque perdí el equilibrio, viendo la cabra lo cual, y que mi cólera llegaba con ello a cotas que muy bien podrían hacer desatar mis más primarios y violentos instintos, tuvo a bien reintegrarse a la disciplina del grupo, no sin poner en práctica la prudente medida de entremezclarse a toda prisa con sus congéneres, para que yo no pudiera distinguirla y castigarla como se merecía.

En fin, que con estos trabajos perdí todo el tiempo del mundo, y cuando conseguí rodear la parte este del risco y enfilar hacia el manantial, eran más de las dos y media de la tarde.

Lenta, casi imperceptiblemente, comenzó a lloviznar. Allá en la fuente vi cómo Jalam Batumec, sentado sobre una piedra, abría un ancho paraguas negro, a juego con su rostro y su turbante. En cuanto llegué hasta él, compuse un gesto anegado por el agotamiento y dije:

—Amado maestro y hermano en la compañía del que nos ama. No sabes cómo siento haberte hecho esperar bajo estas inclemencias de los meteoros. Pero existe una razón de peso, y Saco Parel lo sabe: resulta que se escapó una cabra despavorida, tal vez picada por un insecto, y por más que corrí no pude alcanzarla. Sí la vi, sin embargo, que iba hacia el otro lado del risco. Consideré que, puesto que no había otro remedio que ir en su busca, lo mejor era ir hacia allá con el resto del rebaño, por tenerlo vigilado y evitar que se perdiera alguna otra cabra, recuperar a la fugitiva y volver. Pero el que salta y ama, al que amo y sirvo, ha dispuesto que en todo ello empleara más tiempo del que calculé, y aquí estoy, como ves, con mis doce cabras y un poco mojado, y muy triste de haberte hecho esperar, mi maestro amado. Pero como el Saltarín nos ama, también soy feliz y te amo, venerable preceptor.

El anciano se levantó, mirándome por encima de sus lentes ridículas y, con sus rápidos pasitos, rígido como una marioneta, se aproximó a mí y me cubrió con su paraguas. Me puso sobre un hombro una sarmentosa mano negra y me dijo, procurando adoptar un tono afectuoso con su vocecita barnizada del cálido acento del Caribe:

—Querido pequeño, no has de justificarte cuando te limites a cumplir con tu deber. ¿Crees que no confío en ti? Te amo por tu deseo de amar, como te ama el que salta. No te preocupes por mi espera: tú debes cuidar de tus cabras, y yo debo sembar en tu corazón la enseñanza del que es cinco en cinco partes del mundo para amar como uno, por encima del mal y del bien.

El pobre viejo tenía las alpargatas y la parte inferior de los pantalones manchadas de barro. De no haber sabido lo que había detrás, acaso habría sentido por él un poco de ternura, tan sensible es mi corazón. Pero yo me preguntaba ya qué jugada se escondía tras la confiada actitud de Jalam Batumec, y cómo contrarrestarla. Al parecer, mi ausencia no había levantado en él la menor sospecha, o eso era lo que él pretendía hacerme creer.

«Pues bien —me dije, mirando al suelo—, señor de las orejas grandes y azules, los ojos pequeños y acuosos, los rosados y carnosos labios en medio de tu venerable rostro negro como el ébano: a estas alturas del juego, sólo resta continuar. Veremos quién gana.»

# 15

## *La cosa ataca de nuevo*

Soporté la lección de aquella tarde lo mejor que pude y en silencio, bajo el paraguas amplio y acogedor de Jalam Batumec. Por fortuna, el cielo encapotado hizo que comenzara a oscurecer antes de lo habitual, y emprendimos el regreso.

Una vez acomodadas las cabras en los establos, nos encaminamos al claustro, mientras la sirena daba la señal del fin del trabajo. La fina lluvia no impidió que todos bailáramos culamba en el claustro al ritmo de las consignas, hasta que, empapados y más contentos que unas pascuas, penetramos en el refectorio y allí comimos patatas y alguna cosa más a la luz de las lámparas de butano. Mientras devoraba aquella bazofia, procuraba disimular la postración que me había producido no encontrar a mi padre en el baile del claustro. Aquello era extraño, pues en las noches anteriores él siempre había tenido la habilidad suficiente para pasarme, ayudado por el bullicio y la penumbra, sus mensajes.

Subrepticialmente, o sea, disimulando, levanté mis ojos del plato y examiné a mis compañeros de mesa; eran tres jovenzuelos algo mayores que yo, sin turbante negro, novicios, así que me arriesgué a echar un vistazo en general por el refectorio, por ver si localizaba a mi progenitor. Por fortuna, lo hallé en una mesa de un extremo, acompañado por el negro de una sola pierna y dos novicios cuyos rostros, por supuesto, apenas reconocí; estaba concentrado en su alimentación y nada parecía indicar anormalidad alguna.

Finalizada la cena, los novicios formamos dos filas y emprendimos el corto trayecto que nos separaba de nuestras celdas. Por último, Efraín nos encerró, como de costumbre.

Yo estaba muy nervioso; me había hecho a la idea de que según fuera el mensaje de aquella noche, al día siguiente obraría en consecuencia; pero no había habido mensaje. ¿Significaba eso que todo estaba llegando a su fin? De todas formas, nada podía hacer, encerrado como estaba; era obligatorio aguardar al día siguiente, y eso me encrespaba.

Me tumbé en el catre y soplé la vela. Hacía algo de fresco, y sólo tenía un cobertor, de modo que, contraviniendo mis estrictas normas de higiene, no me desvestí. Sorprendentemente, conseguí conciliar un sueño muy ligero que cuando comenzó el ruido del tam-tam se convirtió en plácido, por lo que ya he dicho de que me resultaba un soniquete familiar. Sin embargo, minutos después di un brinco sobre mi lecho, con el corazón latiéndome tan deprisa que casi me impedía la respiración: al otro lado de mi puerta, igual que la noche anterior, se escuchaba un sigiloso movimiento. *La cosa* de la víspera, pues, había regresado, y volvía a hurgar con tesón en la cerradura. Sentí tanto terror que a punto estuve de utilizar el orinal, de no ser porque tal posibilidad me pareció ridícula y vergonzosa. Apreté los dientes y traté de reflexionar; mas en tales circunstancias es muy difícil, incluso para un intelecto templado como el mío, pensar fríamente. Es el instinto el que guía a los guerreros, no el análisis. Pero no tuve tiempo de esperar más: sin un solo ruido, despacio, la puerta comenzó a abrirse.

Yo estaba con la cabeza vuelta hacia donde aquella circunstancia horrorosa estaba ocurriendo, y mantuve los ojos entrecerrados, con todo mi cuerpo inmóvil, presenciando aquello que podía ser mi final, como dicen de los que sienten vértigo, que miran al abismo antes de caer en él. La puerta terminó de abrirse, y la oscuridad de mi celda era tanta que la escasa luz nocturna que había en la galería me permitió distinguir la silueta de *la cosa:* era algo de forma humanoide, encorvado, de largos brazos, que miró furtivamente a un lado y a otro de la galería antes de penetrar en la celda. Dio algunos pasos que apenas sonaron hacia mi cama, y entonces ocurrió algo de lo que me siento orgulloso y arrepentido a un tiempo, y esto se comprenderá leyendo lo que sigue.

Cuando entreví que el monstruo se hallaba apenas a un metro de mi cama, sentí que mi pánico mortal, mis abrumadores deseos de despertar de aquella pesadilla, de estar a mil quilómetros de allí, de pedir clemencia, qué sé yo, de morirme de una vez y acabar con aquella tortura de espanto, se convertían, como por arte de magia, en la firme convicción de que, como aquel que dice, de perdidos al río, y que más valía morir luchando que entregarme como un muñeco sin corazón. Todo esto ocurrió en unas décimas de segundo, y he oído decir que de transformaciones así se nutre el espíritu de los héroes. El caso es que, como impulsado por un resorte, me puse en pie sobre la cama (en esas micras de segundo me pareció que *la cosa* se llevaba un susto de muerte) y, dejándome llevar por un bravo instinto, propiné una gran patada a *la cosa* en cierto lugar de la entrepierna que, como todo lector de sexo masculino sabe, resulta harto sensible a cualquier tipo de agresión.

Presa de una rara euforia, me hice a un lado, salté al suelo y me dirigí a la puerta, donde esperé acontecimientos. Me dije que, si *la cosa* era de sexo varón, estaba listo. La forma como el pobre ser se encogió en una especie de ovillo, víctima de terribles convulsiones, me dijo que, en efecto, *la cosa* era una *cosa* macho.

Hasta aquí, todo bien, y por eso decía lo del orgullo. Lo malo fue que *la cosa* comenzó, como era lógico, a gemir, si bien en voz muy bajita, y en el tono y timbre de aquella voz reconocí, sin ningún género de dudas, a una persona que, por muchas y variadas razones, en modo alguno merecía el trato salvaje que yo le había dado.

Orientado por la luz pálida que penetraba por la puerta, encendí la vela e inmediatamente volví a cerrar. Ayudé al pobre tipo que aullaba en voz baja (cosa que yo siempre consideré imposible) y hundía la cabeza en el colchón, y después de un rato de esfuerzos conseguí tenderlo en el catre. Poco a poco, mi padre fue calmándose, pero el rostro pálido, el ademán descompuesto, parecían haber pasado a convertirse en atributos permanentes de su persona.

—Asesino —sollozaba, y gruesos lagrimones resbalaban por sus mejillas compungidas—... Canalla... Criminal... Hijo de...

Miraba al techo con ojos redondos y como ciegos, y mantenía las dos manos sobre la zona de su cuerpo cruelmente golpeada igual que —y ojo a mi retórica— un niño que quisiera proteger a un pájaro moribundo. Y de aquí viene, como se comprenderá, lo del arrepentimiento antes mencionado.

Le di tiempo para reponerse; me senté en el borde de la cama y le miré: estaba hecho polvo, pobre criatura.

—En qué país se ha visto —dijo sombríamente, sin dejar de mirar al techo—, tratar así a un padre. A un padre que no te ha negado nunca nada, nada de nada. Pegarle una coz de ese calibre a tu padre, Silvestre. Degenerado, criminal, cabrito.

—Vale, viejo —traté de justificarme, adoptando un léxico cercano al suyo—; te confundí con un monstruo. Cualquiera puede equivocarse. Y tú también eres de lo que no hay: vienes a hurtadillas, frotas la puerta, hurgas la cerradura, entras agazapado, como un orangután...

—Si te parece —adujo el autor de mis días, que comenzaba a recuperarse—, pego golpes en la puerta, te llamo a voces, y luego telefoneo a la Prensa para que informe del acontecimiento.

—Podías haberme pasado uno de tus famosos mensajes. No había problema: después me lo habría comido.

—Ese es el caso. No podemos arriesgarnos ya lo más mínimo; incluso lo de los mensajes resulta peligroso, y no te digo nada el estar aquí hablando a estas horas.

En definitiva, al cabo de unos minutos mi padre se levantó con mucho cuidado del catre, dio unos pasos por la celda, hizo, con exquisita precaución, algunas flexiones de piernas, me miró un par de veces con un mal disimulado rencor, y cuando comprobó que, más o menos, estaba completo, tomó asiento en el catre junto a mí y dijo:

—Te voy a explicar la situación rápido, porque no hay mucho tiempo. Ayer intenté ya entrar aquí, pero me costó mucho abrir mi puerta y, cuando comencé con la tuya, el tam-tam paró, así que tuve que dejarlo para hoy.

Y diciendo esto me mostraba una espléndida ganzúa que, según relató, había fabricado a escondidas en el taller.

—El caso es... —continuó.

—...Que nos han descubierto y esperan que confesemos por propia voluntad —le interrumpí, con alguna suficiencia. Al fin y al cabo, cuando le contara lo de los pasadizos se iba a quedar de piedra.

—Veo que tu alejamiento de la abadía, hijo mío, cuidando a esos animales tan raros como son las cabras, te ha atontado un poquito. Esa gente no descubre ni una llave inglesa en una ensaladilla rusa. Como yo calculé, son unos giles. Por lo poco que he podido junar, aquí los únicos chungos son el Gran Preste y Efraín; todos los demás van de lilas en este marrón. Creen en Saco Parel y hacen lo que hacen. Una lástima. Pero ni siquiera esos dos son un peligro; están demasiado confiados como para sospechar de nadie. La cosa es mucho, pero que mucho más grave.

Con una lejanía relativa, como venidos de lo profundo y no de lo remoto, los cánticos y el tam-tam seguían oyéndose, monótonos.

## 16

## *Plan de acción*

Mientras siga sonando ese maldito tam-tam, podemos hablar —dijo mi padre. Se estaba dejando otra vez la barba—. La cosa es —continuó— que hace un par de días me pareció reconocer a un tipo que años atrás estuvo en la banda de Rafale Ginoto. Yo estaba en el torno, afilando palos, y me quedé con uno que se encargaba de barnizar los cascos de las maquetas. Su jeró me sonaba cantidad, sobre todo por su nariz, una nariz tan achatada que casi no hay; una nariz inolvidable, chaval. Antes llevaba bigote y el pelo muy corto; ahora está afeitado y gasta greñas y gafas, así como un disfraz. Al cabo de unos minutos de observación me convencí del todo: aquel fulano era Rodolfo Villapando, alias Poluto, que en su época de juventud fue guitarrista del grupo Los Lapos, que por cierto no sonaban mal, aunque muy pronto se dio al choreo y en su carrera llegó a ser nada menos que lugarteniente de Rafale Ginoto en su época de máximo esplendor, si bien más tarde se peleó con su baranda por motivos que yo ya no sé, y a partir de entonces los dos se llevaron como el picoleto y el calorro, que es como decir como el perro y el gato.

»Aquello me preocupó mucho, porque sólo cabían dos posibilidades que justificasen la presencia de ese pájaro dentro de la abadía: o bien no sólo se había reconciliado con Rafale Ginoto, sino que además se había convertido a la fe de Saco Parel (para sacar tajada, naturalmente), o bien estaba aquí con oscuras intenciones, o séase, para meter la gamba. La primera posibilidad a mí me parece, francamente, una amorfada. Ahora bien, si nos quedamos con la segunda, que es lo más lógico, ¿qué debemos pensar? ¿Qué oscuras intenciones se pueden llevar aquí a cabo? ¿Eh? La pasta de la venta de su artesanía y las donaciones supongo que lo ingresarán en un banco, y la abadía ya ves lo que es: unas cuantas celdas restauradas y un montón de mierda; entonces, ¿qué queda? Elemental, mi querido guanson: ¡El ídolo! Así pues, ese tipo tiene las mismas intenciones que nosotros: mangar el ídolo. De todas formas, no podía estar completamente seguro de todo esto, así que en mi mensaje me limité a ponerte en guardia y recomendarte precaución. Yo soy así.

»En fin, lo controlé todo lo que pude, pero él se dio cuenta de que no paraba de indicarlo y tuve que dedicarme a lo mío, porque tenía miedo de que él me reconociera a mí. Por lo demás, pencaba como todo el mundo y no hablaba con nadie.

»La confirmación llegó ayer: yo había ido a por mis varillas a un rincón de la nave donde se almacena material; allí hay auténticas montañas de planchas de madera, cajas con hilo y seda, corcho, montones de latas de barniz y cola, etcétera. Estaba entre dos filas de estanterías escogiendo las varillas adecuadas, flai, flai, cuando al otro lado, en voz muy baja, escuché a alguien que decía, más o menos, esto: "...Tiene que estar bajo las ruinas de la iglesia..." Imagínate el bote que di; bueno, pues al loro: otra voz respondía que había llegado a la misma conclusión, y un tercero insistía en la historia. Quise escuchar más, pero en ese momento dejó de funcionar un taladro y ellos bajaron tanto la voz que no pude entenderlos, así que salí de mi escondrijo procurando que no me guiparan y regresé a mi tajo, sin dejar de prestar atención al sitio donde aquellos tres largaban, para verlos salir y saber quiénes eran.

»Salieron de uno en uno para pasar desapercibidos, los muy pillines. El primero fue Rodolfo Villapando, que volvió inmediatamente a su barniz; un minuto después, más o menos, lo hizo un menda en el que nunca me había fijado y cuya pinta también me resultó tela familiar; rebusqué entre mis recuerdos, bru, bru, bru, bru, y en seguida lo reconocí: era Mariano Lamoca, alias el Fósforos, que aparte de un hábil chorizo internacional era, al menos en sus tiempos mozos, pirómano. Es un tío bajito y de chorla más que gorda, que hace años fue expulsado de la banda de Rafale Ginoto, según creo, por su escandalosa costumbre de pegar fuego a las sucursales bancarias que asaltaban, con lo cual la pasma tenía una pista evidente para sospechar quiénes eran los culpables. Este se ha dejado una gran barba, y por eso no le reconocí desde el principio; tú lo habrás visto en el claustro: baila culamba como si fuera ballet, está más loco que una zambomba. Y poco después salió el tercer individuo: un maromo bastante normal cuya única característica notable es que se apellida Quevedo y es analfabeto, como lo oyes. Naturalmente, éste no tiene alias, porque todos piensan que su alias es Quevedo, no sé si me explico, tronco. Siempre ha sido amigo de Poluto y enemigo, por tanto, de Rafale Ginoto desde hace mucho tiempo.

»Así pues, todo empuja a pensar que tres peligrosos pillos enemigos de Rafale Ginoto, llegados no mucho antes que nosotros, porque no tienen turbante negro y por lo tanto son novicios, están aquí con las mismas intenciones que nosotros. El peligro es evidente: ellos nos superan en número y casi fijo que están armados; y eso sin que nos olvidemos, claro, de que estamos metidos hasta el cuello en una comunidad de más de cincuenta personas, bastante mendrugos, es verdad, pero de las que llegado el momento tendremos que huir. Yo creo, Silvestre, que debemos tirar la toalla y najarnos de aquí a la primera oportunidad.

Mi padre se levantó de la cama y se acercó a la puerta, para comprobar que seguía sonando el ruido del tam-tam. Todo lo que me había contado, lejos de ensombrecer mi ánimo, me llenó de optimismo, pues hasta entonces mis temores habían sido mayores: en vez de una comunidad numerosa, enfurecida y fanática, a la espera de asestarnos el golpe final, lo que teníamos en contra era un trío de delincuentes que, por razones que no importaban, querían ajustar cuentas con el Iluminado Rafale Ginoto, su antiguo jefe. El enemigo, como cualquiera podrá comprender, era bastante más modesto de lo que yo había pensado. En consecuencia, puse en conocimiento del autor de mis días que abandonar entonces me parecía un tremendo error, por cuanto el éxito, más que nunca, estaba a nuestro alcance. El no se mostró conforme.

—Mira —dijo—, si te permití venir a este golpe fue porque consideré que no había el menor peligro. Ahora la cosa ha cambiado. Y, por otra parte, yo soy el jefe, mientras no se demuestre lo contrario; de forma que nos largamos de aquí. Es una orden.

Bueno, yo no tengo nada contra la jerarquía y la disciplina, a no ser que me molesten; y en aquellas circunstancias me estaban molestando mucho. Así que exclamé:

—Alto ahí, padre, y no desbarres. Una cosa es que yo sea menor de edad y otra que no sepa lo que me hago, y parece mentira que te lo tenga que recordar. Aquí hemos venido a secuestrar a Saco Parel, y demostraremos tener muy poco amor propio si nos marchamos sin conseguirlo. Hace tres días eras todo optimismo, y ahora, porque hacen acto de presencia unos facinerosos de tres al cuarto, te echas atrás. Deplorable actitud, te lo aseguro.

—¡Ah! ¡Ah! —dijo él, levantando los brazos hacia el techo y paseando de un lado a otro de la estancia—. Tenemos un chico listo. Un chico listo que patea salvajemente a su padre con alevosía y nocturnidad y luego le llama gallina. De acuerdo, yo soy un gallina, chico listo, pero tú, ¿tienes tú acaso un plan, chico listo?

Respiré profundamente y sugerí a mi progenitor que volviera a sentarse en el borde del camastro. Así lo hizo, con un bufido de impaciencia, y entonces yo empecé a contarle, punto por punto, mi descubrimiento de los pasadizos gracias a Benjamín, la exploración de la torre y, por último, la llegada a la cripta a través de la puerta secreta.

Pasaron los minutos, él escuchó con creciente interés mi relato, y cuando lo concluí se levantó de nuevo, se rascó la barba de cinco días y comentó, moviendo de arriba abajo la cabeza:

—Silvestre, lo tuyo es potra; ¡potra de la buena!

Estuve de acuerdo con él, añadiendo que el arrojo y el talento también habían tenido algo que ver en el asunto, y sugerí la elaboración inmediata de un plan, para aprovechar nuestra ventaja y adelantarnos a los proyectos de Poluto, Fósforos y Quevedo. (¡Y vengar el expolio de mi viejo pato de goma!)

Fue un plan bien sencillo de elaborar, pues al fin y al cabo no había más que un camino. El plan quedó establecido de la siguiente forma: era imprescindible adelantarse a los tres pillos, así que, a la noche siguiente, en cuanto finalizase el ruido del tam-tam, les daríamos a los iniciados treinta minutos para que recogiesen los restos del guateque y se retiraran a sus aposentos, en la nave este del claustro; el tam-tam dejaba de escucharse a las dos de la madrugada, de manera que mi padre saldría de su celda a las dos treinta, con la ayuda de su ganzúa, ingenioso instrumento que le serviría igualmente para abrir la puerta de mi humilde habitáculo a las dos treinta y cinco. A las dos cuarenta habríamos llegado de sobra, si no nos encontrábamos con ningún centinela, a la explanada. A las dos cincuenta y cinco estaríamos en las estribaciones del risco, y tardaríamos unos veinte minutos en rodearlo; así pues, a las tres quince penetraríamos en la gruta y, haciendo uso de la lámpara de Benjamín, recorreríamos los pasadizos hasta la cripta. Contando el tiempo que emplearíamos en llegar allí, coger el ídolo y volver a la explanada, de ninguna manera debíamos terminar después de las cuatro y media de la madrugada, hora que nos permitiría coger uno de los coches de la explanada con total impunidad y, gracias a la pericia de mi progenitor al volante, poner tierra por medio, y colorín, colorado, fin de la primera parte. Luego vendría la petición de rescate, etc., pero eso era otra historia.

—Hemos de sincronizar los pelucos —exclamó mi padre con aire de comando guerrillero a punto de entrar en acción.

Ya he dicho que es un poco fantasma cuando se presenta la menor oportunidad, así que hicimos el numerito de sincronizar nuestros relojes y él se dirigió a la puerta.

—Tenemos un problema adicional —dijo aún, antes de abrir—: la ropa. Por un lado, necesitamos que haya luna para poder llegar al risco sin peligro; por otro, nuestras vestimentas blancas nos delatarán fácilmente.

—No habrá luna —vaticiné, como un experto meteorólogo—; el tiempo es lluvioso y el cielo estará cubierto. Pero yo conozco bien el camino.

—Eso espero. ¡Comienza la cuenta atrás! —exclamó él, y se fue sigilosamente.

Unos minutos después, el ruido del tam-tam cesó.

## 17

### *Fracaso*

El día vino, tal como había previsto, frío y mojado, y fue transcurriendo con no poco tedio. Benjamín merodeó con sus cabras por los alrededores y al cabo de un rato se marchó sin decir nada. Jalam Batumec, Leonor y Mambo Balú también anduvieron por allí según su costumbre.

Llovió lenta, leve, melancólicamente.

El tiempo pasó despacio como un cocodrilo viejo y, en fin, nos encerraron en nuestras celdas. Me tumbé sobre la cama y aguardé. Hice un repaso mental del plan y, extrañamente, pues no soy proclive a tales debilidades, me quedé dormido.

Desperté unos segundos después, o eso creí; pero lo cierto es que habían pasado casi dos horas desde el momento en que cerré los ojos. Me incorporé y realicé una tabla de calistenia (la calistenia, según el diccionario, es un ejercicio de gimnasia para el desarrollo de las fuerzas musculares), a fin de tener el organismo a punto para la misión que me aguardaba. (Como se verá, soy metódico, y el método siempre ayuda.) Al poco, cesó el lejano eco del tam-tam, y a la media hora escuché unos leves ruidos en la

puerta de mi celda, que en seguida se abrió, para dar paso a mi progenitor.

—¿Sabes lo que me gustaría ahora? —preguntó, suspirando—. Una buena jarra de cerveza. Siempre me gusta echar un trago antes de entrar en acción.

—Francamente —dije yo, sin ánimo de ofender, pero sincero—, siempre he pensado que tienes madera de borrachín.

El me miró, hosco, y comentó en un tono áspero:

—Pues francamente, para aguantarte a ti, muchacho, harían falta toneles enteros de paciencia.

Ambos decidimos no continuar en tales términos y empezar el asunto. Aunque pueda pensarse, por éste y otros diálogos, que nuestra relación era tensa, nada más lejos de la realidad: en líneas generales, entonces como ahora, somos buenos camaradas, aunque con aficiones distintas, pues si él es fundamentalmente moderno y popular, yo opto por lo clásico, y así, concluí:

—*Alea iacta est.*

Que, como cualquier estudiante de BUP sabe, son las palabras que pronunció Julio César al cruzar el río Rubicón, para expresar que ya no era posible dar marcha atrás y, como quien dice, los dados estaban rodando. Pues bien, mi padre, saliendo agazapado de la galería, susurró:

—Habla en cristiano, y tengamos la fiesta en paz.

Sin comentarios.

Cerré la puerta y lo seguí por la galería, caminando de puntillas y encogidos. Ganamos la salida por la puerta principal y observamos con atención. Unas fuertes rachas de viento nos mojaron la cara con las primeras gotas de lluvia que venía desde el este. Cuando comenzaron las dificultades, un poco antes de llegar al manantial, mi padre tropezó un par de veces y cayó al suelo en medio de irrepetibles juramentos, sin que yo pudiera hacer gran cosa por auxiliarle en su torpeza. Cada medio minuto me preguntaba si faltaba mucho, exactamente igual que un niño pequeño.

—Casi estoy pensando —dije, algo grosero— que mejor habría sido que te quedaras junto a los coches preparando la huida. Total, aquí no haces más que estorbar.

—Casi estoy pensando —respondió él, algo molesto— que mejor habría sido darte unos buenos palos de pequeño, cuando aún estaba a tiempo, para que aprendieras lo que vale un peine y me tuvieras el respeto que merezco. Ahora, ay, el árbol se ha torcido y no hay forma de ponerlo tieso.

—No sabía que cultivaras la metáfora.

—Vete al cuerno. ¿Falta mucho?

Con ímprobos esfuerzos, más por evitar que mi padre se rompiera la crisma que por cualquier otra complicación, a las tres y veinte nos encontrábamos en las proximidades de la entrada de la parte sur de la caverna, pero la boca estaba tan bien oculta y disimulada tras los matorrales, y había tan poca luz, que aún tardé otros cinco minutos en dar con ella. Penetramos sin dudarlo en la gruta, avanzamos unos metros y, a la izquierda, hallamos la cámara cuadrada donde Benjamín guardaba su tesoro y su lámpara.

—Tendrías que ver —dije, encendiendo— las cosas que ese chico guarda en ese baúl. Pero no hay tiempo; adelante.

Cuando llegamos al recodo tras el cual yacía el esqueleto, decidí que la brutal patada con que accidentalmente castigué a mi progenitor limpiaba con creces la broma del mensaje comestible, así que le advertí, y bajé la lámpara.

—Qué cosa más puerca —exclamó—. Así acabaremos todos, hijo mío. No somos nada: polvo, ceniza, arenilla en la playa.

—Primero haces metáforas y ahora filosofas —comenté, asombrado—: ¿te encuentras bien?

Hizo un gesto despectivo y continuamos el descenso. El pasadizo se estrechó y llegamos a la abertura del pozo por el que descendían los peldaños y por fin tuvimos acceso a la galería protegida con vigas y pilares. Al cabo de diez minutos de caminata, nos encontramos ante el muro donde finalizaba la galería.

—¿Estás seguro de que no hay nadie al otro lado? —preguntó mi padre, que sostenía en alto la lámpara de petróleo mientras yo me disponía a accionar el dispositivo.

—No estoy seguro de nada —repuse—. Pero es lógico pensar que la cripta permanece vacía salvo durante las ceremonias.

Empujé el pequeño resorte hacia arriba y la puerta, lentamente, bajó. La cripta estaba casi a oscuras, excepto por el leve resplandor que yo recordaba de mi anterior visita. Atravesamos el umbral y le solicité el quinqué a mi padre para mostrarle el camino. Rodeamos la columna tras la cual, muy débilmente, brillaba el cirio de Saco Parel, y a la luz siempre amarillenta de la lámpara de petróleo vimos algo espantoso.

Allí estaban los dos bloques de piedra que conformaban el altar, y el cirio encendido y las cazoletas, aún humeantes, que expandían un aroma exótico por el aire, pero la figura construida en obsidiana de Saco Parel había desaparecido.

Mi padre me miró, y yo le miré, atónito. Luego buscamos alrededor de los cuatro gruesos pilares y en el rincón donde descansaban los instrumentos y las vestiduras, pero no hallamos ni rastro del ídolo de Aruba. Desesperado por tan desagradable novedad, levanté la lámpara cuanto pude y dirigí la vista hacia la pared donde se hallaba la gran puerta de madera que en mi visita anterior permanecía firmemente cerrada, y pude observar que estaba entreabierta.

Mientras todo esto ocurría, mi progenitor se limitaba a seguirme como una sombra, interrogándome a veces con la mirada, sin acertar a suponer lo que estaba pasando. Nos aproximamos a la puerta y procedimos a su examen.

—Ha sido forzada —susurró mi padre en cuanto le echó un vistazo—, y con muy buena mano; han hecho los destrozos justos para que se abriera con el mínimo esfuerzo y alboroto posibles: labor de profesionales. Ahora empiezo a comprender.

Yo también comprendía, por supuesto: Villapando, Lamoca y Quevedo se nos habían adelantado. Desconocedores de la existencia de los pasadizos, optaron por un sistema convencional, si bien más peligroso, y ahí estaban los resultados.

—Esos farsantes nos han ganado por la mano —musité, con la moral por los suelos.

De todas formas, la curiosidad pudo más que la postración, y decidimos ir a echar una ojeada al otro lado de la puerta. Nos encontramos en un angosto y húmedo vestíbulo, al fondo del cual había una pétrea escalera de caracol. Redujimos la llama de la lámpara al mínimo, subimos la escalera, y al final nos encontramos en una estancia minúscula, casi una garita, que resultó estar en la base de un muro junto a varias columnas que se unían en haz. Ganamos el exterior y en seguida nos vimos obligados a apagar por completo el quinqué por miedo a ser descubier-

tos, pues nos hallábamos en un extremo del crucero del templo.

Avanzamos agazapados por la nave central, esquivando casi a tientas los montículos de cascotes y sintiendo cerca de nuestros pies el paso fugaz de numerosas ratas, y cuando ya llegábamos al pórtico escuchamos unos cuchicheos que venían del exterior; asomándonos con cuidado entre los carcomidos maderos del portón observamos que los dueños de aquellas voces eran varias siluetas que permanecían frente al templo.

—¡Centinelas! —exclamó mi padre, en un susurro.

—¡Qué raro! —dije yo.

En la presencia de esos tipos afuera había algo que no podía entender.

—Bueno, al fin y al cabo —mi progenitor comenzó a retroceder—, ya sabes lo que guardaban debajo. Si en algún lugar han de poner centinelas, es en el templo, uh, me parece. Larguémonos por donde hemos venido antes de que se les ocurra entrar y descubran lo que ha pasado.

Rehicimos el camino en el mayor de los silencios. Cuando ya habíamos llegado al crucero y estábamos a punto de girar hacia la puerta de la escalera que llevaba a la cripta, cogí a mi padre por una manga.

—Un momento —dije—; si los de ahí afuera son centinelas, ¿cómo diantres han podido entrar y salir Villapando y los suyos sin ser vistos?

Observé cómo la silueta de mi padre se ponía en jarras y adoptaba un ademán burlón.

—Silvestre —exclamó, en voz baja—, eres listo, pero a veces tienes fallos: ¿ves ese ábside? Por ahí podría trepar cualquiera en poco tiempo, siempre que estuviera bien entrenado y tuviera un equipo apropiado. Villapando, Lamoca y Quevedo están preparados y, no te quepa duda, han sabido hacerse con el equipo ideal.

Yo no estaba muy convencido con aquella teoría, pero, ¿qué otra cosa podíamos hacer, sino marcharnos?

## 18

## *Situación desesperada*

Regresamos a la cripta, con el quinqué nuevamente encendido, nos introdujimos en el pasadizo y cerramos la puerta secreta. Realizamos el camino de regreso a toda velocidad y en silencio. Estábamos desmoralizados y molestos, pues habíamos rozado el éxito y éste nos había sido escamoteado casi ante nuestras mismas narices. El peso insoportable del fracaso abatía nuestro espíritu, si se me permite decirlo así. Antes de abandonar la gruta, dejé la lámpara sobre el cofre de Benjamín y salimos otra vez a la noche.

—Escucha —dije—; tú mismo me has dicho que esta gente no sospecha absolutamente nada. ¿A qué viene entonces poner centinelas, única y exclusivamente en la puerta del templo, sabiendo que se puede entrar y salir por el tejado?

—Oh, vamos, chico —respondió mi padre—. Si han puesto centinelas ahí no es por miedo a los ladrones, sino a la curiosidad de los novicios. Ningún novicio, por muchos deseos que tenga, va a escalar el ábside; pero, si no hubiera centinelas en la puerta, seguro que más de uno caería en la tentación de conocer a Saco Parel... Es fácil de entender.

A pesar de los conatos anteriores de lluvia, no caía una sola gota de agua, pero aquello ya nos daba igual. Con dificultades tan grandes como durante el trayecto de ida, rodeamos el risco y volvimos a la abadía.

Eran las cuatro y diez de la madrugada y sin dudarlo ni un instante atravesamos la explanada y nos dirigimos a la hilera de vehículos para robar uno y desaparecer de allí. La aventura, pensaba yo, había terminado, y mal. Me equivocaba de medio a medio, porque, cuando mi padre, una vez limpiamente rota la ventanilla del coche mejor que vimos —uno de aspecto lujoso y rápido que yo había observado la mañana anterior—, estaba haciendo un puente para conectar el motor, fuimos sorprendidos por tres sombras que sin que las sintiéramos se abalanzaron sobre nosotros y nos atacaron con firmeza.

Mal que bien pudimos zafarnos y, echando mano de todo nuestro ímpetu y valor, hicimos lo más razonable: abrirnos paso a puñetazos y salir corriendo. Yo le propiné un admirable *upper-cut* a un tipo más bajito que yo, que ofrecía buen blanco porque tenía la cabeza anormalmente grande, y mi padre evidenció encontrarse en plena forma golpeando con un exacto gancho de izquierda al segundo y un puntapié al tercero de los agresores, respectivamente.

Corrimos sin una dirección concreta, hacia el este de la explanada y, mientras esto hacíamos, mi padre gritó:

—¡Son ellos! ¡Villapando y sus dos compinches! ¡Estamos perdidos si no hallamos un refugio!

Esas palabras desesperadas me dieron una idea. Habíamos cobrado una cierta ventaja gracias a su aturdimiento, pero en una carrera campo a través ellos acabarían tarde o temprano por atraparnos; además, ignorábamos qué clase de armas llevaban, si es que

efectivamente llevaban alguna. La sombra imponente del torreón del lado sur de la muralla se levantaba ante nosotros, y con un gesto indiqué a mi padre que me siguiera. Gracias a la erosión del tiempo, los muros del torreón eran una informe masa de ladrillos que sobresalían de trecho en trecho horadados por huecos, de forma que no nos resultó difícil escalarlos con velocidad suficiente como para estar arriba del todo cuando los tres facinerosos llegaron al pie; y así, los recibimos como se merecían, a pedradas, pues los proyectiles no escaseaban en aquel lugar entre los cascotes producidos por la ruina y el abandono.

—No entiendo nada —exclamaba mi padre, arrancando trozos de escombros para descargarlos acto seguido sobre nuestros atacantes.

Y, en efecto, la situación era incomprensible, pues, si ellos tenían en su poder el ídolo, ¿a qué aguardaban para huir? ¿Qué les había impulsado a esperarnos en la explanada para agredirnos de aquella forma? En cualquier caso, nuestra única opción era defendernos, y lo hicimos muy bien porque, intimidados por los proyectiles que a la difusa luz de la madrugada les mandábamos, Poluto, Fósforos y Quevedo retrocedieron a prudente distancia y aguardaron unos minutos, durante los cuales parecieron discutir su plan de acción. Afortunadamente, no tenían pistolas.

Miré a mi padre, que jadeaba por el esfuerzo y la agitación, y sólo pude entrever su rostro sorprendido y angustiado. Qué cosa estaba pasando era algo que escapaba entonces a toda nuestra capacidad de suposición. Cabía la hipótesis de que nuestros enemigos, una vez conseguido el objetivo del robo del ídolo, quisieran darnos una lección; mas para una causa tan poco remunerativa estaban arriesgando demasiado. No podía entender nada de nada, pero hacía acopio de piedras y restos de argamasa por si decidían volver al ataque.

En efecto, así fue no ya una, sino dos, tres veces, y en cada ocasión disparamos con tanta rapidez y puntería que Rodolfo Villapando y sus secuaces tuvieron que desistir en sus planes de tomar al asalto el torreón. Todo esto llevó su tiempo y ocurrió no sin que, o bien ellos o nosotros, lanzáramos algún grito, algún que otro gemido, alguna imprecación. Yo pensaba que tarde o temprano alguien en el monasterio escucharía el zipizape, avisaría al Gran Preste y entonces la explanada se llenaría de novicios e iniciados exigiendo una explicación. Aquello, lejos de constituir un alivio, a buen seguro vendría a reportarnos nuevas y más lamentables tribulaciones, pues, viendo aquella grotesca pelea, y con su ídolo desaparecido en la cripta, ¿de qué forma reaccionarían aquellos individuos fanatizados? No quería ni pensarlo. Y lo curioso del asunto era que Poluto y sus huestes insistían, con ímpetu digno de mejor causa, en sus acometidas. Parecían rabiosos y desesperados; iniciaban el ascenso por los muros, cubriéndose unos a otros, y, cuando los alcanzábamos con un pedrusco, caían aullando y huían, sólo para reagruparse a unas decenas de metros, palparse los golpes y volver a la carga.

—Podrías preguntarles qué demonios quieren de nosotros —le dije a mi padre en uno de los breves momentos de tregua—, para aclarar la cosa y no estar así peleando hasta que el Gran Preste nos oiga, y ahí sí que empezará lo grave.

El autor de mis días consideró la idea harto razonable, y estaba dispuesto a ponerla en práctica como buenamente pudiera, cuando percibimos que algunas de las ventanas del edificio en el lado este del claustro, donde habitaban los iniciados, se iluminaban. Por fin, como era inevitable, nos habían oído. Hacia nuestras espaldas una turbia claridad comenzaba a pintarse en el cielo tapado por las nubes.

Todo ocurrió, a partir de ese momento, con inusitada rapidez. Después de las primeras ventanas, se encendieron todas las demás; comenzaron a oírse carreras, advertencias, ruido de cerraduras y puertas que se abrían. Algunos iniciados se asomaron a la explanada, pero no por ello Villapando, Lamoca y Quevedo dejaron de intentar la escalada del torreón donde nosotros nos hallábamos. Al cabo de un par de minutos se oyeron unos gritos espantosos que provenían de la cripta, y en seguida comenzaron a verse iniciados que corrían portando antorchas por la explanada, ululando como seres privados de razón; indudablemente, se había descubierto el robo del ídolo, y eso los enloquecía. Poluto y sus dos amigos parecieron entonces darse cuenta de una vez por todas de que tenían problemas, y se desentendieron de nosotros para mirarse entre ellos, sin saber qué actitud adoptar. No tuvieron mucho tiempo: de pronto, aparecieron en la puerta del edificio que daba a la explanada las figuras iluminadas por las teas del Gran Preste —había dejado de sonreír—, Efraín y Jalam Batumec, junto a otros iniciados que parecían presas de un insuperable estado de confusión. Señalando con su brazo derecho extendido hacia la base del torreón, donde se encontraban nuestros tres enemigos, el Gran Preste gritó:

—¡Ahí están los culpables! ¡Ellos son los impíos que han osado tocar a Saco Parel!

Esas palabras constituyeron el comienzo de la pesadilla: todos los que había por la explanada, con antorchas o sin ellas, cesaron sus locas carreras sin sentido, miraron en nuestra dirección e iniciaron una carga que habría envidiado el mismísimo Milcíades, que, como todo el mundo sabe, fue el general de los griegos vencedores en Maratón. Villapando y compañía, ante lo que se les venía encima, huyeron al único lugar posible: el torreón que se alzaba más al norte en la muralla, aquel en que desembocaba uno de los pasadizos explorados por mí días atrás; escalaron los muros con la velocidad propia del que no cabe en sí de terror, y desde lo alto hicieron dos cosas: defenderse como nosotros les habíamos enseñado en la práctica y gritar desaforadamente hacia los de abajo que los ladrones no eran ellos, sino nosotros.

Los fieles de Saco Parel parecieron dudar un poco al principio, pero, a indicaciones de Efraín, que se había unido a ellos, decidieron primero disparar piedras, y después preguntar, y se dividieron en dos grupos que nos asediaron con saña a los trémulos defensores de los torreones.

A todo esto, las celdas de los novicios habían sido ya abiertas, y ahora todos ellos se unían en una nueva oleada al ataque. Era una visión horripilante, porque no sólo arrojaban proyectiles, sino que además, de vez en cuando, volvían a sus carreritas, lanzando horribles maldiciones hacia nosotros, saltaban sobre una pierna sin dejar de invocar a Saco Parel, el ultrajado, y luego recogían piedras y escombros y regresaban a la batalla.

Efraín dirigía al grupo que trataba de asaltar nuestro torreón, mientras el Gran Preste lo hacía en el otro, pero la eficacia de los ataques era muy reducida, por fortuna, porque aquellos seres enloquecidos debían luchar no sólo con nuestros proyectiles, sino contra su propia enajenación, pues en su odio a muerte hacia nosotros se estorbaban entre sí, tropezaban, estaban a punto de prenderse las ropas con las antorchas y pretendían subir tan velozmente los muros que caían por sí mismos, sin necesidad de apedrearlos. El Gran Preste y Efraín, por un lado, trataban de poner orden en sus huestes, y por otro, encendían aún más el furor de los ejércitos con las acusaciones que nos dirigían de blasfemos, sacrílegos, violadores del amor y no sé cuántas barbaridades más.

En el torreón norte los tres ladrones parecían resistir bastante bien; nosotros, en cambio, comenzábamos a tener dificultades. Después de múltiples intentonas, los asaltantes habían cogido práctica en la escalada de los muros, y ahora lo hacían muchos de ellos al mismo tiempo y con más orden que al principio; por otro lado, nuestras municiones comenzaban a escasear, y ya nos costaba mucho trabajo arrancar piezas de tamaño apropiado de los escombros. Era preciso hacer algo o éramos hombres muertos.

—Los de la otra torre aún aguantan —grité a mi padre—. Ahora estamos en el mismo bando y contra el mismo enemigo. Es preciso que nos unamos a ellos.

Frente a nosotros, subidos al tejado de los establos (donde mis pobres cabras se preguntarían qué estaba pasando), algunos hermanos de la orden del que ama por cinco nos lanzaban insultos y cascotes. Echamos un vistazo a la muralla que unía los dos torreones; tenía alrededor de veinte metros de larga y era suficientemente ancha como para correr por ella sin peligro; lo malo era que las almenas, naturalmente, estaban construidas para defender ataques del exterior, y nosotros recibíamos los proyectiles justo del lado contrario. De todas formas, teníamos la ventaja de la altura, la mala puntería de los excitados fieles del Saltarín y la escasa visibilidad, a pesar de las antorchas y el cada vez más inminente amanecer.

No lo pensamos dos veces: saltamos con felina agilidad y singular arrojo a la muralla y corrimos desesperadamente hacia el otro torreón. Un rugido surgió de las filas enemigas cuando comprendieron nuestra maniobra, y una gran cantidad de piedras vino a nuestro encuentro. Mi padre recibió un impacto en un hombro y se tambaleó; por un momento temí que cayera, pero la propia inercia de su carrera le ayudó a mantener el equilibrio y pudo llegar al torreón. Yo tuve parecida suerte: un pedrusco me alcanzó en la rodilla y, aunque también conseguí llegar al objetivo, sentí un dolor intensísimo durante unos minutos.

Poluto, Fósforos y Quevedo comprendieron que nuestro refuerzo les vendría muy bien y nos ayudaron a subir. La batalla, pues, entraba en una nueva fase.

# 19

## *Fuego*

Naturalmente, no había tiempo de presentaciones, y con renovados ímpetus continuamos resistiendo numantinamente el salvaje acoso de aquella lunática multitud. Con cierta melancolía, tratando de sobreponerme al dolor de mi rodilla, reflexioné sobre qué pintaba yo allí, con la cabeza pelada y vestido de jornalero del trópico, lanzando cantazos desde un torreón medio en ruinas sobre una banda de fanáticos dementes que a su vez aullaba por mi exterminio. Sin embargo, algo de utilidad podía haber en todo ello, en el improbable caso de que saliera con vida de aquella aventura, y era que, en el futuro, cuando estudiase Historia, sabría perfectamente cuál es la sensación que se apodera del alma de los soldados en medio del estruendo de la batalla. Y sabría que es una sensación detestable.

—No estaría de más —gritó mi padre, disparando junto a Poluto— que les devolvierais su maldita estatuilla, por ver si así se tranquilizan.

Villapando hizo un gesto inexplicable con su plana nariz. Respecto a sus gafas de sol pensé dos cosas: *a)* por qué extraño fenómeno no caían al suelo, careciendo como carecían de apoyo nasal; y *b)* de qué forma, dada la luz escasa e incierta del amanecer nuboso, aquel individuo podía ver.

—¿Cómo? —exclamó el antiguo guitarrista punk, con voz temblorosa—. ¿Cómo dices, viejo canalla? Te reconocí nada más verte, en el taller; sospeché desde el principio para qué estabas aquí. Siempre te gustaron los golpes raros, como éste. Y siempre trabajaste solo. ¿Quién es ese chico pelón?

Mi padre le explicó, tratando de arrancar unos pedruscos de una de las almenas demolidas, que el susodicho pelón era su hijo, y añadió que le interesaba mucho saber dónde estaba el ídolo de Aruba, no sin insistir en que su devolución inmediata acaso nos trajera un poco de paz. El Fósforos y Quevedo, disparando muy apurados hacia abajo, miraron al autor de mis días como quien mira a un mandril lavándose los dientes, extrañadísimos.

—¿Quieres tomarnos el pelo? —inquirió Villapando, y dejó caer un desgastado ladrillo en la penumbra llena de antorchas de la explanada—. Nuestra intención era robar el ídolo, para ajustar cuentas con ese reptil de Rafale Ginoto. Pero sabemos que tú te adelantaste. Cuando forzamos la puerta y penetramos en la cripta, hace unas horas, comprobamos que la estatuilla no estaba. ¿Cómo lo lograste? Te juro que la puerta parecía intacta cuando nosotros comenzamos a trabajar.

Un par de antorchas cayeron dentro del torreón, para gran sobresalto de Quevedo; Mariano Lamoca, sin embargo, iluminado y febril, las devolvió en la dirección de donde habían llegado. Para ese momento, lo que sucedía en la explanada alcanzaba cotas de auténtico aquelarre. Alguien había sacado el tam-tam y lo golpeaba sin cesar, mientras otros hermanos tocaban los bongos y danzaban frenéticamente, saltando ora sobre una pierna, ora sobre la otra, y los novicios bailaban culamba, casi todos con antorchas de un lado para otro, rodeando los establos, subiendo a su tejado, y de vez en vez se detenían para escoger un proyectil en el suelo y arrojarlo con furia sobre nosotros acompañado de un horrible juramento. En vano el Gran Preste y Efraín hacían indicaciones; el tumulto era mayúsculo, pues aquellos individuos, que habían aposentado su existencia en el regazo de un ídolo de obsidiana, al que estaban dispuestos a ofrecerle todo, entonces se debatían como enfurecidos discípulos de un ser que podía amar y odiar por encima del bien y del mal.

Por otro lado, algunos habían asaltado la cocina en busca de munición, y para entonces podía caerle a uno en la cabeza, en orden de menor a mayor peligrosidad, un huevo crudo, una patata, una lata de anchoas o un cuchillo de punta.

Consideré llegado el momento de tomar el mando, pues un líder nato como yo no consiente ver cómo el mundo se derrumba a su alrededor sin realizar un último y desesperado intento.

—Debajo de estos escombros hay un túnel —grité—; si escarbamos en un mismo lugar tal vez demos con él.

—¿Y tú cómo lo sabes, chico? —preguntó Quevedo, sin dejar de disparar.

Lo sabía, y punto. Tampoco era cuestión de contarles mi vida. Villapando y Lamoca comenzaron inmediatamente a desescombrar en un punto que les indiqué, mientras mi padre, Quevedo y yo utilizábamos los cascotes como proyectiles. Aunque el miedo les hacía trabajar a un ritmo frenético, pensé que los miembros de la secta, tarde o temprano, darían con la forma de herirnos y escalar el torreón, así que dije al Fósforos que me acompañara, y, en tanto los otros tres se defendían como podían, nos descolgamos por el lado exterior del torreón procurando no ser vistos. La razón por la que escogí a Mariano Lamoca como compañero de salida se comprenderá en seguida, y es que yo pienso en todo, incluso en los momentos más dramáticos.

Avanzamos junto a la muralla hacia el noroeste, y en seguida llegamos al foso. Por fortuna, el agua dejaba un estrecho espacio junto al muro, y por allí, no sin dificultades, fuimos caminando hasta el lugar donde calculé que, al otro lado, se hallaban los almacenes, adosados al edificio principal. El Fósforos me ayudó en los primeros metros de escalada, pero luego me las tuve que arreglar yo solo. El muro estaba húmedo y, aunque tenía bastantes irregularidades, era posible resbalar y acabar con los huesos en el lodo del foso, lo cual no me hacía la menor ilusión. Afortunadamente, pude llegar a la parte superior, y desde allí echar una mano a Lamoca, que en seguida se reunió conmigo. El amanecer estaba ya bastante avanzado y corríamos serio riesgo de ser descubiertos, pero los fieles del Saltarín estaban tan obsesionados con el ataque al torreón que no miraron hacia nosotros. Nos deslizamos por el tejado de los almacenes hasta el suelo y pasamos al interior. Allí descubrimos, entre otras muchas, algunas cosas que nos iban a ser de gran utilidad: un par de grandes bidones de gasolina —el Fósforos, cuando conoció mis intenciones, se puso a dar saltos de alegría—, una escalera de mano y muchas antorchas como las que utilizaban los hermanos de la explanada, donde, por cierto, la confusión seguía siendo enorme: el tam-tam no dejaba de ser aporreado por dos fieles enloquecidos; los demás corrían a por piedras y gritaban de forma espeluznante; el Gran Preste y Efraín mandaban sin mucho éxito las enfurecidas tropas y, para colmo, las cabras habían escapado de los establos y cruzaban de arriba abajo la explanada, llenas de pánico por las antorchas, embistiendo por aquí y por allá.

En el torreón la defensa desesperada continuaba. Los de abajo debían de haber notado nuestra ausencia, porque algunos rodeaban la muralla por el lado sur para buscarnos.

Con la escalera de mano ascendimos de nuevo al tejado de los almacenes con los bidones y las antorchas; subimos después la escalera de mano y con ella no nos fue difícil subir al tejado ruinoso del claustro, rociamos las vigas con gasolina, y con ayuda de algunas antorchas les prendimos fuego. Regresamos al edificio principal y encendimos todo lo que consideramos susceptible de arder. El pirómano era feliz: con su cuerpecillo frágil y su redonda y gruesa cabeza, derramaba gasolina y encendía las teas emitiendo risitas y con los ojos brillantes; de cuando en cuando me miraba profundamente agradecido y volvía a la tarea, que por cierto realizaba con concienzuda aplicación.

En unos segundos los distintos focos de incendio comenzaron a ampliarse, y tuvimos que apurarnos para evitar ser pasto de las llamas. No podíamos arriesgarnos a regresar al torreón por el camino anterior, pues sabíamos que por fuera de las murallas nos estaban buscando, así que tuvimos que avanzar por la parte superior de la muralla.

Los que estaban en el tejado de los establos terminaron por darse cuenta del incendio, y a grandes voces avisaron a los de abajo, que en seguida vieron el fuego y, por añadidura, a Mariano Lamoca y a mí, que corríamos desesperados hacia el torreón. Por fortuna, la visión del fuego los conmocionó tanto que ni siquiera dispararon hacia nosotros, así que llegamos a la torre sin lesiones. La rodilla seguía doliéndome, pero mi resistencia al dolor es bastante grande y me había olvidado de ello; tiempo tendría después de lamentarme. De esa pasta estamos hechos los audaces.

—Tu chico es un fenómeno —comentó Lamoca a mi padre, entusiasmado, y mi progenitor no pudo evitar un rasgo de legítimo orgullo.

—Naturalmente —dijo, ufano y lanzando piedras con más entusiasmo que nunca—; cuando yo hago una cosa, colega, la hago bien.

La cosa, sin embargo, distaba mucho de haberse arreglado. Ahora nos atacaban por dentro y fuera de las murallas, y, sorprendentemente, los hermanos, lejos de correr a apagar las llamas, se gritaron unos a otros que Saco Parel extinguiría el fuego, y arremetieron contra nosotros con una furia difícil de contener. En definitiva, aquellos tipos estaban mucho más locos que mis cabras, que, haciendo bueno el refrán, por último hallaron el camino del monte y para allí tiraron.

En unos minutos el incendio adquirió unas proporciones descomunales; la gasolina sabiamente vertida por Lamoca hacía arder las vigas, los puntales, los andamios y los marcos de las ventanas, y en muy poco tiempo acabaría por penetrar en las edificaciones. Prácticamente había amanecido del todo, pero el resplandor del incendio proyectaba sobre la explanada multitud de sombras fantasmales; era una escena digna de El Bosco, pintor flamenco conocido por cualquier persona culta como muy aficionado a las visiones monstruosas.

De repente, una de las siluetas que había sobre el tejado de los establos me llamó particularmente la atención; se trataba de una figura no muy alta que parecía concentrar toda su puntería —con escasa fortuna, afortunadamente— en mi modesta persona, y hacía gestos y me gritaba como pretendiendo que me fijara en ella. Era Leonor, totalmente transformada en arpía; con sus en otros momentos hermosos ojos prácticamente fuera de las órbitas, la boca desencajada emitiendo espuma, toda su vestimenta sucia y chamuscada por su propia antorcha, sin dejar de tirarme piedras con singular torpeza —fruto de su ofuscación y de que el tejado de los establos no era muy firme y a cada momento perdía el equilibrio—, me chillaba:

—¡¡Traidor, canalla, blasfemo, te mataré, te sacaré los ojos, PF, te haré picadillo!!

Actitud que me pareció harto impropia de una señorita que no se había cansado antes de decirme que me amaba. *Varium et mutabile,* habría comentado Virgilio al respecto. Así es la vida. Al lado de la chica, su inseparable Mambo Balú gruñía como un gorila y agitaba el puño en mi dirección.

## 20

## *El misterio del ídolo*

También pude observar que Efraín, siempre descalzo, se había quitado su turbante negro y trataba de hacer comprender que era más importante acabar con el fuego que con nosotros, y que había que hacer un grupo que acarrease agua desde el foso hasta el incendio, pero apenas fue escuchado, a pesar de la potencia de su voz juvenil. Incluso, el iniciado al que le faltaba una pierna y que nos había recibido la noche en que llegamos a la abadía le recriminó por tal sugerencia, y acto seguido nos arrojó la muleta con criminales intenciones y enorme fuerza, aunque por suerte no nos alcanzó.

Los cinco defensores del torreón éramos, ya para entonces, una especie de magullados espectros que sólo continuábamos la lucha movidos por la fuerza de la desesperación. Recibíamos pedradas y cascotazos por todas partes, desde dentro y fuera de las murallas, y de haber dispuesto aquellos fanáticos de armas menos primitivas, desde muchos minutos antes habríamos estado muertos o gravemente heridos.

El incendio parecía haberse estabilizado, y aunque las llamas alcanzaban una gran altura, existía la posibilidad de que, consumida ya toda la gasolina, la humedad reinante y la de los materiales lo fuera apagando poco a poco.

El Gran Preste aullaba que era preciso recuperar el ídolo por encima de todo y acabar con los impíos, pero no dejaba de echar miradas a su espalda, por ver cómo seguía la magnitud del fuego.

Hasta que, a partir de un determinado instante, los acontecimientos se precipitaron. Parecíamos a punto de sucumbir, y los asaltantes menos frenéticos habían aprendido una nueva estrategia, que consistía en atacar con ráfagas de piedras desde ambos lados de las murallas, para cubrir a los más ágiles, que en ese momento iniciaban la escalada tratando de llegar arriba. Ello, unido a nuestro cansancio, parecía sugerir que la suerte estaba echada, cuando Quevedo, que no había parado de escarbar en los escombros con la muleta del cojo, en parte para proporcionarnos proyectiles, en parte por ver si daba con el hueco de que yo había hablado, gritó:

—¡Lo veo! Hay un agujero que desciende.

—Pero es muy pequeño —comenté, descorazonado—; apenas cabe un brazo.

Acababa de pronunciar aquellas palabras y un estruendo indescriptible se oyó por encima de todo: el fuego, lenta pero inexorablemente, había tenido la espléndida idea de llegar, por el tejado, a los almacenes; allí había alcanzado los bidones de gasolina —había muchos más de los que nosotros utilizamos— y todo saltó por los aires.

Durante unos segundos, atacantes y agredidos contemplamos el terrible espectáculo. Como es lógico, aquello recrudeció el incendio, y los miembros de la secta del Saltarín acaso empezaron a sospechar que el que ama cinco veces no tenía intención alguna de apagar el fuego, lo cual debió de parecerles sumamente extraño, porque disminuyeron algo los gritos y los lanzamientos.

El Gran Preste y Efraín se apresuraron a unirse con algunos iniciados que parecían de su confianza, y hablaron. El resto de los hermanos parecía de repente dividido entre los que seguían atacándonos y los que pensaban que algo habría que hacer respecto a las llamas. Todo ello nos dio un leve respiro, y Quevedo y Lamoca reanudaron con toda su energía la excavación entre los escombros para agrandar el agujero.

Los que nos atacaban desde fuera de las murallas bajaron de número, porque algunos volvieron al interior para ver qué había pasado. Entonces, las vigas y los arcos apuntalados del ruinoso claustro cedieron al fin, y todas las galerías se derrumbaron al unísono, llevándose unas a otras y levantando un estrépito de chispas y de humo.

Aquella fue la señal de la desbandada: el Gran Preste, Efraín y un par de iniciados más nos miraron por última vez, como en una promesa de venganza, y corrieron hacia la hilera de automóviles; se introdujeron, ante los atónitos ojos de la gente de la explanada, en el coche deportivo y se largaron a toda velocidad, sin duda temiendo que la situación se les iba de las manos. Al fin y al cabo, lo que ellos necesitaban para sus negocios, en representación de Rafale Ginoto, era discreción, y en aquellos momentos el incendio constituía un cataclismo demasiado escandaloso como para que en el futuro no se vieran obligados a contestar demasiadas preguntas a las autoridades; en consecuencia, ponían pies en polvorosa y abandonaban a su suerte la abadía, a sus fieles, iniciados o novicios, su famoso ídolo de obsidiana y, por fortuna, a nosotros.

Muchos de los iniciados se olvidaron del todo de lanzar piedras hacia la torre y corrieron patéticamente tras el coche de su mentor religioso, rogándole que no los abandonara sin consejo en tan amarga tesitura. Otros, más despiertos, subieron a un par de furgonetas, realizaron las necesarias maniobras y se fueron rodeando el ábside del templo con dirección al camino de la carretera por ver si alcanzaban a su fugitivo patrón, cosa muy improbable, pues difícilmente aquellos pequeños furgones podían llegar siquiera a la mitad de velocidad del deportivo del Gran Preste.

La mayor parte de los hermanos de la orden, sin embargo, permanecieron inmóviles, como sin mirar a ningún lado y con la cabeza vacía. Para aquellas gentes entregadas en cuerpo y alma a una idea que acaso ni siquiera podían entender, pero que les servía de coartada para engañarse con un simulacro de santa dedicación, ausencia de responsabilidades y felicidad, lo que había ocurrido en aquel frío amanecer otoñal los desbordaba: su ídolo sacrosanto, amante de todo y, sobre todo, todopoderoso y quinta parte de un inexplicable todo, había sido secuestrado; su abadía, su santuario, su casa, ardía por los cuatro costados sin que nada hiciese pensar que un milagro iba a acabar con las llamas; y, para colmo, su Gran Preste, el representante para ellos del iluminado y santo Rafale Ginoto, los había abandonado.

—Esto ya está —exclamó Quevedo señalando el agujero.

Le di instrucciones a Villapando del camino que debían seguir para llegar al otro lado del risco, aunque fuese a la luz de sus mecheros de bolsillo, y los tres desaparecieron por la abertura hacia abajo de la torre, rumbo a los pasadizos.

Mi padre me urgió para que los siguiéramos, pero yo le hice un gesto hacia abajo: ya no era necesario apurarse. Los huérfanos de Saco Parel, de repente solos otra vez en un mundo que habían soñado abandonar, gemían y deambulaban por la explanada, tapándose el rostro con los blancos faldones de las blusas los novicios, arrojando sus turbantes entre lamentos los iniciados, y lenta, convulsivamente, como sonámbulos sin norte, se fueron alejando de la explanada en todas direcciones, sin siquiera mirar hacia el claustro y los edificios, donde el resplandor y el crepitar del fuego se habían adueñado por último de todo. Era el final de un sueño que ni siquiera había sido hermoso, pero ellos no comprendían.

Hacia el sur, detrás de otros iniciados, vi al viejo negro Jalam Batumec, el que había querido ser mi maestro y una vez me prestó su paraguas. Recordé el sarmiento de sus manos sobre mis hombros, y su vocecilla de acento caribeño, y sus acuosos ojos que siempre me miraron con simpatía; luego ya sólo pude ver cómo se perdía más allá del ábside, corriendo con sus pequeños saltos, los brazos pegados al cuerpo, sus grandes orejas azules moviéndose en la mañana como una mariposa triste y aturdida.

—Ya no corremos peligro —dijo mi padre—, pero mejor nos largamos de aquí. Quiero olvidar cuanto antes esta abadía y el maldito ídolo, donde quiera que esté.

Las llamas, imponentes, comenzaban a llegar a las vigas del ábside del templo. En el claustro, sin embargo, apenas había fuego, gracias al derrumbamiento. El edificio principal y el del ala este arderían aún durante horas. Teníamos magulladuras por todo el cuerpo y algún chichón en la cabeza, pero ninguna de nuestras lesiones parecía grave. Mi rodilla, por fortuna, no parecía tener intención de inflamarse, al menos de momento.

—Creo que antes de marcharnos conviene hacer una visita —murmuré, tratando de protegerme del humo que una ráfaga de viento nos había llevado desde el incendio; olía a goma quemada y me acordé con tristeza de mi vieja mascota.

—Has estado brillante —exclamó con toda razón mi progenitor—, muy brillante. Lo reconozco. Pero no empieces con tonterías. La única visita que me apetecía realizar aquí era al ídolo de Aruba, y ese señor ha desaparecido. Vámonos.

—¿No te apetece desvelar este misterio? Al fin y al cabo, aquí no llegarán los bomberos y la policía hasta dentro de varias horas, si es que vienen.

El lanzó uno de sus característicos bufidos, se rascó la barba de casi una semana y estuvo de acuerdo, siempre que lo hiciéramos de prisa.

Nos hicimos en la explanada con un par de antorchas en buen estado, regresamos a la torre y, antes de introducirnos por el agujero entre los escombros, aún pudimos observar, alejándose, separados mucho entre sí y tambaleantes, las siluetas sin destino de algunos de los hijos abandonados del Saltarín.

Avanzamos por los pasadizos a toda velocidad, nos cruzamos con el esqueleto, al que ya empezaba a coger simpatía, y, una vez llegados a la gruta transversal del risco, indiqué a mi padre que apagara la antorcha, hice lo propio con la mía introduciéndola en una estrecha hendidura entre la roca, y los dos nos metimos por la entrada del pasadizo cegado que se hallaba casi enfrente de la pintoresca cámara del tesoro de Benjamín, y allí nos acurrucamos.

—Ya ha amanecido —murmuré—; nuestro amigo no tardará. Quiero despedirme de él.

—Maldita sea. Pensé que habíamos venido aquí a resolver el misterio de la desaparición del ídolo, no a despedirnos de tu amigo el pastor, ese tipo raro.

—¡Schssss! —hice un gesto pidiendo silencio.

Desde la boca del lado sur de la caverna, mi fino oído acababa de detectar algo.

## 21

## *La nostalgia de nada*

En efecto, alguien había entrado en la cueva y se aproximaba sin excesivas preocupaciones por no hacer ruido; de hecho, iba silbando y parecía muy contento. Era claro que se trataba de Benjamín. Llegó en seguida muy cerca y pudimos oír que penetraba en la estancia cúbica frente a nosotros. Luego, el ruido me hizo comprender que frotaba un fósforo para encender la lámpara, y después sonó el chirrido de las bisagras de su cofre al ser abierto. Aguardé unos segundos y en seguida le dije a mi padre al oído que fuera tras de mí en el más absoluto de los silencios.

Salimos de nuestro escondrijo y nos encontramos casi de cara con el resplandor tenue y amarillento que surgía de la cámara del tesoro de mi amigo. Dimos apenas cuatro pasos y estuvimos junto a la entrada, pegados a la pared. Lentamente, casi conteniendo la respiración, nos asomamos. Benjamín estaba de espaldas a nosotros, en cuclillas, frente a su cofre. Había sacado su tesoro completo: los botes vacíos, el cencerro, la calavera de cabra, la rueda, el lote de cromos desgastado y su muñeca de plástico. Además, sobre el cofre otra vez cerrado estaba la estatuilla negra de obsidiana, con incrustaciones de jade y turquesa, del dios que era cinco en las cinco partes del mundo, amante por encima del bien y del mal, el Saltarín, Saco Parel.

—Vaya, vaya, vaya, vaya —musitó mi padre, asombrado.

Benjamín se volvió y dio un brinco al vernos; se fue alejando sin dejar de mirarnos hacia uno de los rincones del habitáculo, tras el cofre, y allí se quedó con sus ojos redondos llenos de temor, abrazado a su vieja muñeca de plástico.

—Vaya, vaya, vaya, vaya, vaya... —a mi progenitor se le había rayado el vinilo y tenía la boca entreabierta y los brazos caídos a lo largo del cuerpo, en una expresión de asombro inconmensurable.

—Te presento a Saco Parel —dije, señalando al ídolo—; y éste chaval es mi amigo Benjamín.

—Vaya, vaya.

Me acerqué a Benjamín sonriendo y traté de tranquilizarlo. Naturalmente, lo conseguí en seguida, gracias a mis dotes de sugestión por medio de la mirada.

Mi padre y yo observamos largamente la imagen del Saltarín, las manos apoyadas en las caderas, su gran cabeza tocada con el extraño gorro, sus orejas de duende y los ojos azules de turquesa, la pipa entre los labios, su única pierna y el pie descomunal que lo sostenía.

—Y con cinco como éste —dijo, al fin, el autor de mis días— el canalla de Ginoto pensaba hacer negocio. Puede que a partir de ahora empiece a tener problemas.

Asentí en silencio y le miré, después de mirar a la estatuilla y a Benjamín, que continuaba acurrucado en un rincón. Mi padre lo pensó unos instantes, y luego resopló y movió afirmativamente la cabeza. Volví a Benjamín y lo saqué de su rincón.

—Escucha bien —le dije—: jamás enseñes esta estatuilla a nadie; y no permitas que quienes vengan, sean quienes sean, conozcan los pasadizos; de esa forma estarás seguro. ¿Has entendido?

—¿Te vas? ¿Te has enfadado? —ahora parecía triste.

—Tengo que hacer. No vuelvas a la cripta y mantente alejado de la abadía. Recuérdalo —le aconsejé, sesudo.

El dijo que sí varias veces, iniciando una sonrisa. De la tristeza había pasado sin transición al entusiasmo por conservar el ídolo. Aquel tipo era un fenómeno.

—Cuida de mis cabras; deben de andar por los alrededores del manantial —concluí, y eché un último vistazo a la estatua de Saco Parel.

Curiosamente, sentí algo extraño. El ademán chulesco que había notado la primera vez que vi el ídolo, esa petulancia en su mirada prepotente y su postura, se habían convertido en un gesto simpático y bonachón; ahora, el Saltarín parecía sonreír al otro lado de su pipa con un raro aire de camaradería. La luz del quinqué, tan parecida y tan distinta a un tiempo de la del cirio al pie del altar, en la cripta, debía de ser la causante de tal variación. O eso pensé.

Mi padre le guiñó un ojo a Benjamín y nos largamos al exterior.

—Muy simpático tu amigote —dijo, una vez que estuvimos fuera—; por su culpa hemos estado a punto de ser linchados. ¿Cómo supiste que él tenía el ídolo?

—Luego te cuento —contesté, lacónico.

Había empezado, por fin, a llover a cántaros. Nuestras contusiones comenzaban a enfriarse y, por tanto, dolían. Había que darse prisa en rodear el risco, y así lo hicimos. Al pasar por el manantial vi a algunas de mis cabras, que me saludaron con afecto, como si adivinaran que ya nunca me volverían a ver. Una de ellas, incluso, corrió tras de nosotros un trecho —me parece, no sé por qué, que se trataba de Primitiva—, pero cuando vio que nos aproximábamos a la abadía dio media vuelta y regresó con sus compañeras.

Llegamos empapados a las murallas derruidas del lado sur, y estuvimos varios minutos agazapados por si veíamos a alguien; pero el lugar estaba definitivamente desierto, de modo que cruzamos a la carrera la explanada en dirección a las tres furgonetas que permanecían aparcadas junto a la muralla norte.

El incendio no se había extinguido todavía, pero el agua que caía del cielo no tardaría en hacerlo. Aún surgían grandes llamaradas por los vanos de los edificios, y enormes humaredas ascendían desde los restos del ábside del templo y, más allá del edificio del ala este, desde el claustro destruido. La mezcla de fuego y agua, junto a la soledad del paraje, llenó mi ánimo sensible de una melancolía tenue en el fondo, pues no en vano habíamos salido enteros de aquella aventura extravagante.

Las tres furgonetas eran iguales, así que no nos entretuvimos demasiado; nos hicimos con una, manipuló mi padre con los cables para arrancar el motor y nos fuimos de allí. Recuerdo que, cuando ya estábamos en el camino de la carretera, con dirección al oeste, no quise mirar atrás.

Hacía frío, estábamos calados hasta los huesos, teníamos el cuerpo lleno de golpes y, en definitiva, habíamos fracasado en nuestro objetivo fundamental. Cierto que nos podíamos haber llevado el ídolo, y acaso Rafale Ginoto habría pagado por él, pero, después de todo lo que había pasado, ambos nos hallábamos de acuerdo en que Saco Parel estaba bien con Benjamín.

Pasaron los minutos y, atravesando un barrizal que parecía inacabable, llegamos a la carretera. Mi progenitor propuso ir hacia la izquierda; más por costumbre que por otra razón, propuse lo contrario. Mientras girábamos a la derecha, mi padre insistió en que le aclarase lo sucedido.

—En buena lógica —dije— la cosa debió ser así: sabemos que Villapando y los suyos te habían reconocido desde el principio, y sospecharon que tú venías a lo mismo que ellos. Anoche escaparon de sus celdas y se dirigieron a la cripta. La estatuilla no estaba y pensaron que nos habíamos adelantado, pero fue justo lo contrario: suyas eran las sombras que entrevimos en el pórtico de la iglesia.

—Todo eso está muy bien —dijo, removiéndose en el asiento—, pero, ¿y Benjamín?

—Eso es lo más fácil de explicar —repuse, sin poder reprimir un bostezo—. Ayer mismo, por la mañana, él sugirió que volviéramos a la cripta a ver «la estatua coja», como él la llamaba. Yo, por supuesto, me negué, y le recomendé que él tampoco fuera porque la cripta iba a estar ocupada todo el tiempo. Un poco después, se marchó. Ya has visto lo que es ese muchacho; no reflexiona demasiado, creo, pero a su manera es despierto, y algo obstinado. Anoche, él abandonó su casa sin despertar a su abuelo, subió al risco, se metió en la cueva y por los pasadizos llegó a la cripta; naturalmente, escuchó el tam-tam y los gritos al otro lado, y esperó. Cuando el ruido cesó, apretó el resorte y penetró en la cripta desierta. Allí estaría, fascinado ante la imagen de Saco Parel, hasta que escuchó hurgar en la puerta; eran Villapando y sus hombres; cogió la estatuilla sin saber muy bien lo que hacía, supongo, y regresó al pasadizo secreto. Después metió el ídolo en el cofre de su tesoro y se fue a dormir. A lo mejor estaba contento por haberle buscado un compañero a su muñeca coja. Es como un niño. Poco después llegamos nosotros y cogimos su lámpara de petróleo sin sospechar que allí mismo, en el cofre, estaba lo que buscábamos. Por fin esta mañana, antes de pasear a sus cabras, ha querido contemplar de nuevo su reciente adquisición, y allí estábamos nosotros. Todo encaja y es simple. Tendrías que haberlo comprendido sin necesidad de explicaciones.

—Naturalmente —casi gritó mi progenitor dando un brusco acelerón—; pero ya sabes que soy un poco tontolín.

No respondí. La calefacción funcionaba bien y yo había cerrado los ojos. El motor zumbaba. Una semana; apenas una semana y habían pasado tantas cosas... Tenía dentro algo parecido al vacío, una desazón extraña, como la nostalgia de nada. De repente, pensé en Jalam Batumec, y en su trotecillo de viejo fugitivo de algo espantoso.

No me sentí nada bien.

# Epílogo

La vuelta a casa no fue ciertamente sencilla; piénsese que carecíamos de dinero, llevábamos ropas extrañas y sucias, la gasolina tenía que acabarse y, como complemento, yo tenía la cabeza casi como una bola de billar. Era imposible pasar desapercibidos. Pero mi padre es hábil en su oficio y, mal que bien, salimos del paso sin llamar excesivamente la atención.

En los días siguientes, mientras nos recuperábamos, estuvimos muy atentos a los periódicos. Las noticias fueron escuetas pero significativas: existían indicios de que un viejo monasterio abandonado, en un paraje inhóspito, que albergaba a una extraña secta, había sido destruido. Habían sido vistas, dispersas en varios quilómetros a la redonda, algunas docenas de personas vestidas de blanco, agotadas y enloquecidas, que huían de algo que no sabían explicar. Muchas de ellas estaban ya ingresadas en diversos establecimientos psiquiátricos. La policía había comenzado a investigar sobre las actividades concretas de la secta en cuestión, y el paradero de sus líderes. También habían sido aprehendidos, mientras trataban de hacer auto-stop en una carretera próxima a la abadía, tres conocidos delincuentes reclamados por la Justicia. Sin embargo, en un momento dado, el coche celular que los transportaba comenzó a arder debido a causas aún no aclaradas por fuentes policiales, coyuntura que los tres malhechores aprovecharon para huir. No se registraron desgracias personales.

Eso era todo. Después, una nube de silencio cayó sobre el asunto. Yo volví a mis estudios y traté de olvidar, pero de vez en cuando me asaltaba la tentación de indagar dónde habían ido a parar y cómo estaban los huérfanos de Saco Parel. No estoy seguro de que me hubiera servido de algo. Aquello había terminado, y mejor era dejarlo como estaba. Una vez más, mi admirable sentido pragmático se imponía.

Pero, de todas formas, a veces levanto la vista de mis libros, miro a la ventana y me quedo como tonto, sin pensar en nada. Bueno, sí pienso; pienso en Leonor. Me acuerdo de los ojos brillantes y profundos de la pobre Leonor.

# Indice

## JOSÉ FERRER BERMEJO

Nació en Alcalá de Henares en 1956. Inició tres carreras: Geografía e Historia, Magisterio, Náutica; no terminó ninguna. Trabajó como vendedor de Biblias y detergentes, repartidor de calendarios y marino mercante. En la actualidad es cartero de Madrid. Ha publicado dos libros de cuentos (*Incidente en Atocha* y *El increíble hombre inapetente*) y una novela (*El globo de Trapisonda*).

## CARTA AL AUTOR

Los lectores que deseen ponerse en contacto con el autor para comentar con él cualquier aspecto de este libro, pueden hacerlo escribiendo a la siguiente dirección:

Colección ESPACIO ABIERTO
Grupo Anaya, S. A.
Telémaco, 43. 28027 MADRID

## OTROS TÍTULOS DE ESTA COLECCIÓN

### Todos los detectives se llaman Flanagan
Andreu Martín y Jaume Ribera

Flanagan se ve implicado en una historia de chantaje colegial y en otro asunto más peligroso. En el transcurso de la aventura hará un doble descubrimiento: el de un negocio de bebés robados y el reconocimiento de que se está haciendo *definitivamente* mayor. El humor recorre las páginas de esta novela sin dejar de lado una visión crítica.

### Llámame simplemente Súper
Reinhold Ziegler

Walter, a instancias de un psicólogo social, decide contar su peripecia real. En esa nueva situación descubrirá que puede tener amigos que lo acepten tal cual es, sin necesidad de inventarse comportamientos asombrosos.

### Volví para mostrarte que podía volar
Robin Klein

Esta novela habla de la amistad entre dos seres solitarios. Un niño de once años, de padres separados, conoce durante unas vacaciones a una chica de veinte, con la que podrá relacionarse de igual a igual. Ese vínculo parece convertirse en un estímulo para que la joven, que resulta ser drogadicta, acepte someterse a una cura de desintoxicación.

### El impostor
Manuel L. Alonso

Cuando muere su madre, Eduardo es enviado por sus familiares a casa de un tío suyo. En su compañía vivirá ciertas aventuras, a veces no exentas de riesgo. Pero también conocerá algo más: su tío, precisamente por su impostura, resultará ser una fuente de sorpresas tanto para el personaje como para el lector.